Vou te receitar um gato

Syou Ishida

Vou te receitar um gato

TRADUÇÃO DE EUNICE SUENAGA

Copyright © 2023 by Syou ISHIDA
Sob os cuidados de The Appleseed Agency Ltd, Japão.
Publicado originalmente no Japão em 2023 por PHP Institute, Inc.
Esta edição foi publicada mediante acordo com PHP Institute, Inc., por intermédio de Emily Books Agency LTD. e Casanovas & Lynch Literary Agency S.L.

TÍTULO ORIGINAL
猫を処方いたします。

COPIDESQUE
Maria Luísa Vanik

REVISÃO
Mariana Gonçalves

DIAGRAMAÇÃO
Juliana Brandt

ILUSTRAÇÕES DE MIOLO
Nicole Bustamante

ILUSTRAÇÃO DE CAPA
霜田有沙

ADAPTAÇÃO DE CAPA
Lázaro Mendes

CIP-BRASIL. CATALOGAÇÃO NA PUBLICAÇÃO
SINDICATO NACIONAL DOS EDITORES DE LIVROS, RJ

I77v

    Ishida, Syou
        Vou te receitar um gato / Syou Ishida ; tradução Eunice Suenaga. - 1. ed. - Rio de Janeiro : Intrínseca, 2024.

        Tradução de: 猫を処方いたします。
        ISBN 978-85-510-0984-0

        1. Ficção japonesa. I. Suenaga, Eunice. II. Título.

24-91734   CDD: 895.63
                        CDU: 82-3(520)

Gabriela Faray Ferreira Lopes - Bibliotecária - CRB-7/6643

Todos os direitos desta edição reservados à
EDITORA INTRÍNSECA LTDA.
Av. das Américas, 500, bloco 12, sala 303
22640-904 – Barra da Tijuca
Rio de Janeiro – RJ
Tel./Fax: (21) 3206-7400
www.intrinseca.com.br

CAPÍTULO UM

Quando chega ao final do beco escuro, Shūta Kagawa observa o prédio onde funcionam vários tipos de estabelecimento.

Depois de tanto procurar, finalmente o encontrou. A construção parecia ocupar o vão entre dois prédios residenciais.

— Será que é aqui mesmo? — murmura, perplexo.

"Por que ainda tem lugar que não aparece no GPS?", pensou. Mas até que fazia sentido. Os poucos raios de sol no céu nublado não iluminam aquele beco úmido, e o prédio é uma construção velha e suja.

— Afinal, que endereço é esse?

"Quioto, distrito de Nakagyō, avenida Fuyachō, subir, avenida Rokkaku, virar a oeste, avenida Tomikōji, descer, avenida Takoyakushi, virar a leste."

Os moradores de Quioto costumam falar endereços dessa forma. Mesmo que as ruas tenham nome e número, eles insistem em indicar a direção também — leste, oeste, norte ou sul. É possível chegar ao destino seguindo as orientações, mas elas são tão vagas que os turistas ficam completamente perdidos.

Quando já estava prestes a desistir, depois de dobrar à esquerda algumas vezes e andar em círculos, encontrou a entrada do beco estreito.

"Por que esse pessoal de Quioto faz questão de ser tão vago?" Para Shūta, que nasceu em outra cidade, os nomes das ruas parecem códigos. É como se os locais quisessem afastar quem é de fora.

No beco escuro, ele solta um suspiro.

"Não posso desistir agora", pensou. Só porque o prédio é mal localizado, não quer dizer que os profissionais que trabalham ali sejam ruins. Talvez os prédios ao redor tenham sido construídos depois. Mas é um lugar no mínimo discreto.

A porta está aberta. Ele entra e não encontra o elevador, só uma escadaria nos fundos. Também percebe como o local é mal iluminado e está vazio. O edifício inteiro tem uma atmosfera meio assustadora. Enquanto segue pelo corredor, Shūta nota as placas nas portas. Lê vários nomes de empresas, afinal, é um prédio comercial. Todas parecem meio suspeitas.

"Será que vou acabar me juntando a uma organização criminosa que aplica golpes em velhinhos?" Shūta balança a cabeça para afastar o pensamento. "Vim aqui justamente para não acabar assim." Ele sobe as escadas até o quinto andar e vê a placa com os dizeres: CLÍNICA KOKORO.

A porta velha e maciça é mais leve do que imaginava. Quando ele a abre, fica surpreso ao ver que o interior está bem iluminado. Há uma portinhola no balcão de atendimento, mas não tem nenhum funcionário ali para atendê-lo.

— Com licença — chama ele, mas ninguém responde.

Será que estão no horário do almoço? Shūta não sabia o telefone nem o e-mail do local, por isso não tinha conseguido agendar uma consulta.

— Com licença! — chama novamente, mais alto dessa vez.

Ele ouve passos e uma enfermeira de pele clara e pouco mais de vinte e cinco anos aparece.

— Sim, pois não?

— Olá. Não agendei uma consulta, mas gostaria de falar com o médico.

— O senhor já é paciente? — pergunta ela, com um sotaque carregado de Kansai e a entonação tranquila. — Entre, por favor.

A enfermeira o leva até o consultório — uma sala simples, menor do que a área para fumantes da empresa onde ele trabalha. No cômodo, só tem uma mesa, um computador, duas cadeiras e uma cortina nos fundos.

"Essa é realmente a tal clínica renomada?" Shūta vai se sentindo mais inseguro a cada minuto que passa lá dentro.

Ele já se consultou com diversos psiquiatras, e todos trabalhavam em clínicas modernas e elegantes. Nenhuma ficava em um prédio velho e assustador como aquele. O atendimento precisava ser agendado com antecedência, e, assim que chegava, o paciente recebia um formulário que levava quase uma hora para ser preenchido. Mas nessa clínica teve a sorte de ser atendido antes mesmo de mostrar o cartão do plano de saúde.

A cortina se abre e um médico de jaleco branco aparece. É um homem franzino que aparenta ter mais ou menos trinta anos.

— Olá. É a sua primeira consulta aqui, certo? — pergunta o médico, sorrindo. Sua voz é um pouco aguda e anasalada, e seu jeito de falar é característico das pessoas de Quioto: simpático, mas sem forçar intimidade. — A propósito, como ficou sabendo da nossa clínica?

— Bem... — Shūta hesita. Pensa em mentir, mas, por fim, decide ser sincero. — Foi um amigo que me indicou, quer dizer, ele não é exatamente meu amigo, é um colega de trabalho, mas já saiu lá da empresa. Ele ficou sabendo pela cunhada, esposa do irmão mais novo, que descobriu por um primo. Um dos clientes desse primo tinha um cliente que se consultava aqui. Me falaram que é uma clínica muito boa.

No fim das contas, era tudo um grande boato. Não sabia nada além do nome da clínica, o endereço — que parecia um código secreto — e o andar em que ficava.

Seis meses antes, Shūta havia procurado um psiquiatra pela primeira vez.

Ele sabia que não iria melhorar de uma hora para outra, mas sentiu que precisava fazer algo a respeito. Tinha que se esforçar. Pesquisou as melhores clínicas na internet, foi a todas que ficavam perto de casa e do trabalho, esgotou todas as opções. Até que descobriu a Clínica Kokoro e decidiu dar uma chance aos rumores vagos e duvidosos. Só não esperava que ficasse num lugar tão escondido.

— Entendi. Na verdade, não estamos aceitando pacientes novos. Somos só eu e a enfermeira, é uma clínica bem pequena — explica o médico, num tom calmo.

Shūta fica decepcionado. Mais um psiquiatra incapaz de ajudá-lo. São poucos os médicos que realmente escutam os pacientes com atenção.

Quando Shūta está prestes a se despedir, o médico abre um sorriso maroto e o encara com um olhar de criança travessa.

— Mas vou abrir uma exceção, já que veio por indicação.

O consultório é tão apertado que os joelhos deles quase se tocam, mas naquele momento Shūta tem a impressão de que os dois ficam mais próximos ainda. O médico se vira para a mesa e começa a digitar algo no teclado.

— Poderia me falar seu nome e sua idade, por favor? — A consulta começa de repente.

— Shūta Kagawa. Vinte e cinco anos.

— O que você está sentindo? — pergunta o médico tranquilamente.

Shūta fica nervoso. Já passou por essa situação diversas vezes. Todos os médicos ouviam o que ele tinha a dizer e respondiam da mesma forma.

"Deve ter sido muito difícil para você."

"Que bom que você veio."

Alguns até eram atenciosos, mas depois prescreviam os mesmos remédios de sempre. Não eram os médicos que o ajudavam, mas sim os remédios para dormir que eles receitavam.

— Estou sentindo...

Insônia, zumbido no ouvido, falta de apetite...

Quando pensa no trabalho, Shūta sente dores no peito, dificuldade para respirar, e não consegue dormir à noite. Sintomas comuns que os médicos devem ouvir dos pacientes todos os dias.

"Tenho que explicar direitinho desta vez para conseguir sair dessa situação."

Porém, sem pensar, Shūta acaba falando o que realmente tem passado por sua cabeça.

— Quero largar meu emprego.

— É mesmo? — pergunta o médico prontamente.

— Ah, não — diz Shūta, voltando a si. — Não é bem isso. Não quero largar meu emprego, quero continuar lá, só queria saber como. Eu trabalho numa grande corretora de investimentos, tem até anúncios na TV, mas o ambiente é bem tóxico.

— Entendi — diz o médico, e então sorri. — Vou te receitar um gato. Vamos aguardar e observar os efeitos.

Ele gira a cadeira e fica de costas para Shūta.

— Srta. Chitose, poderia trazer o gato, por favor?

— Está bem — ouve-se de trás da cortina, e logo depois aparece a enfermeira que Shūta viu na recepção.

Ele não tinha notado antes, mas ela tem um olhar intimidador, parece ter uma personalidade forte. É bonita, apesar de não chamar muita atenção. Ela o encara, desconfiada, e pergunta para o médico:

— Dr. Nike, podemos confiar nele?

— Podemos, sim — responde o médico, despreocupado.

"Que lugar estranho", pensa Shūta. "Até o nome do médico, Nike, é diferente, parece nome de gato."

A enfermeira coloca a caixa de transporte em cima da mesa, sem dizer nada, e volta para trás da cortina. A caixa é simples, de plástico, com abertura lateral.

E dentro realmente tem um gato.

Shūta fica atônito. Não consegue entender o que está acontecendo. Ele olha atentamente o animal à sua frente.

É um gato de verdade.

Um gato comum, cinza, como qualquer outro. Está escuro dentro da caixa, mas Shūta consegue ver os grandes olhos redondos e dourados do felino o observando com desconfiança.

— Sr. Kagawa, fique com ele por uma semana, vamos acompanhar os efeitos.
— Hã?
— Vou te dar a receita. Entregue na recepção.
— Tem receita?
— Claro — responde o médico. A conversa parece fluir normalmente, mas a situação não é nada normal.
— Isso aí é um gato mesmo? — pergunta Shūta, enquanto olha o bicho dentro da caixa.
— Sim, é um gato — responde o médico com naturalidade.
Claro que é, o que deixa Shūta mais inseguro ainda.
— Um gato de verdade?
— Aham. Desde antigamente dizem que gatos são o melhor remédio. Ou seja, seus efeitos são muito mais eficazes.
Isso não faz sentido.
— Aqui está a receita. — O médico passa um papel a Shūta, que continua confuso. — Entregue na recepção e volte daqui a uma semana. Poderia me dar licença? O paciente com hora marcada está esperando.
Ao ver o médico apontar para a porta, Shūta volta a si.
— Ah, entendi! Vocês trabalham com aquela tal terapia com animais? — pergunta ele.
Shūta não estava esperando nada disso, mas agora havia entendido. O médico permanece indiferente enquanto olha para ele, provavelmente analisando sua reação.
— Surpreender o paciente faz parte do tratamento? É por isso que não tem informações sobre a clínica em lugar nenhum, agora entendi. Pelo visto dá certo, porque fiquei chocado. Uma clínica que receita gatos... Que curioso.
Shūta aproxima o rosto da caixa e observa o gato, que o fita de volta sem desviar os olhos esbugalhados. Não entende nada de bichos, mas sorri ao se dar conta de que o animal também deve estar confuso.

— Ele é muito bonitinho, mas acho que não gostou de mim.
— Hum. Deixe-me ver.
Dr. Nike se aproxima e seu rosto quase toca a bochecha de Shūta. O médico, entretanto, continua agindo com naturalidade.
— Está tudo bem, né? — pergunta ele, aproximando a ponta do nariz da caixa e olhando fixamente o gato. — Bom, ele acabou de dizer que está tudo bem.
— Não acho que ele tenha dito isso... acho que ele está com medo.
— Você acha? Deixe-me ver. — O médico se aproxima novamente. Eles ficam muito perto de novo, o que deixa Shūta constrangido. Dr. Nike se dirige ao gato: — Está com medo? Não, né? Está tudo bem, certo?
Em seguida, levanta o rosto rindo.
— Ele disse que está tudo bem.
— Não, não é isso. É que eu não estou acostumado com animais. Ele não vai querer ficar com alguém como eu. Acho que não vai dar certo.
— Não se preocupe. Até para quem não está acostumado, o efeito do gato é infalível. Tenho outro paciente me esperando, pode me dar licença? — diz o médico, sorrindo.
Ele se levanta e coloca a caixa de transporte no colo de Shūta.
— Mas...
— Aguardo o senhor daqui a uma semana. — Dr. Nike encerra a conversa.
Mesmo sem entender o que está acontecendo, Shūta sai do consultório carregando a caixa.
Não há nenhum paciente esperando na recepção, então ele olha para trás e vê a enfermeira acenando da portinhola do balcão de atendimento.
— Sr. Kagawa, poderia vir até aqui?
— Ah, sim.
"Será que estão me pregando alguma peça e tem uma câmera escondida em algum lugar?", pensa.

Ele se aproxima, hesitante, e encara a enfermeira.
— A receita, por favor — pede ela.
Ele entrega e a enfermeira vai para os fundos.
A caixa é pesada e Shūta se atrapalha ao carregá-la.
A sensação é estranha. Não cuida de um animal desde o ensino fundamental, quando sua turma se revezou para cuidar de um coelhinho no pátio da escola. Mas, apesar da cara de bravo, o gato permanecia quieto. "Como é bonzinho", pensou Shūta.
Quando volta, a enfermeira lhe dá uma sacola de papel.
Shūta solta uma das mãos com que carrega a caixa, que acaba inclinando e fazendo o gato deslizar para o lado.
— Opa, desculpe — diz ao gato. Em seguida, dirige-se à enfermeira: — O que tem aqui dentro? Está pesado.
— São suprimentos. Tem o manual de instruções também. Leia com atenção — responde ela, sem rodeios.
Ele abre a sacola para dar uma espiada e vê dois potinhos de plástico e um saco que parece conter ração. "Então é disso que as pessoas precisam para cuidar de um gato?" Tudo aparenta ser de boa qualidade, o que deixa Shūta mais apreensivo.
— Até quando vamos continuar com essa simulação? Vocês não estão exagerando um pouco?
— Se tiver alguma dúvida, pergunte ao doutor. Melhoras. — A enfermeira baixa os olhos para focar em outra tarefa.
— Por favor...
— Melhoras.
— Por favor...
— Melhoras.
Shūta deixa a clínica carregando a caixa e a sacola de papel, extremamente confuso. "Afinal, o que está acontecendo?", pensa ele.
No corredor, um homem com uma postura amedrontadora passa por ele e abre a porta da sala ao lado.
Shūta sente o olhar de desconfiança do homem e aperta o passo para sair dali.

Foi uma tarefa árdua descer a escada carregando a caixa e a sacola pesada. Ao sair do prédio, sente o odor de mofo que paira no beco. O cheiro é real. E o peso que carrega nas mãos também.

Seu ex-colega de trabalho havia falado que era uma clínica muito boa. Ele descobriu o lugar por meio da cunhada, que ficou sabendo por um primo... Quanto mais pessoas descobrem a clínica, mais os rumores crescem.

Shūta achou estranho a encenação continuar mesmo depois de sair do prédio. A enfermeira não veio correndo atrás dele, e nenhum diretor surgiu gritando "Corta!", como nas gravações de um filme. Será que é uma espécie de tratamento alternativo? Ou uma fraude? Como alguém feito ele, que mal consegue cuidar de si mesmo, acabou sendo obrigado a cuidar de um gato?

"Como fui parar naquela clínica?", pensou Shūta. De repente, ele se viu rindo de toda essa situação.

É difícil carregar um ser vivo. Não dá para atravessar a rua correndo nem colocar a caixa no ombro quando a mão fica cansada. Shūta caminhou por mais de meia hora carregando um gato que não parava de se mexer até chegar em casa. No final, não aguentava mais de tanta dor no braço.

Assim que coloca a caixa no chão, o animal começa a se mexer, talvez por ter percebido que chegou ao destino. Com pena por tê-lo deixado tanto tempo preso, Shūta abre a portinha.

Mas o gato não se mexe.

— Que foi? Pode sair — diz ele, mas o bicho continua no mesmo lugar. Shūta olha lá dentro, preocupado, e vê o gato encolhido no fundo.

E agora? Shūta remexe a sacola de suprimentos e vê os dois potinhos e o pacote de ração.

— Será que está com sede?

Shūta enche um dos potinhos com água da torneira e o coloca na frente da caixa. O gato não se mexe.

— Ah, tem o manual.

Shūta pega o manual dentro da sacola enquanto vigia o gato de soslaio.

"Nome: Bê. Fêmea. Idade estimada: oito anos. Sem raça definida. Alimento: quantidade adequada de ração de manhã e à noite. Água: fornecer regularmente. Limpeza das fezes e urina: quando necessário. Pode ser deixada sozinha. Guarde todos os objetos pequenos que possam ser ingeridos acidentalmente, bem como pratos e copos de vidro. É preciso tomar cuidado com vasos de plantas também. Mantenha a gata dentro de casa."

"Só isso?", pensa Shūta enquanto relê as instruções.

— E agora? Nunca tive um gato. Será que vou conseguir cuidar dela por uma semana?

Onde se compra areia para gato? Será que ela consegue fazer as necessidades sozinha, sem sujar o apartamento? E qual é a quantidade de ração adequada? Será que ela vai arranhar as paredes?

Havia muito com o que se preocupar e ninguém com quem pudesse conversar. Sua única opção era pesquisar na internet.

Pelo menos agora sabia o nome dela. Ao se agachar para espiar dentro da caixa, os olhos de Shūta cruzaram com os olhos dourados da gatinha.

— Ei, Bê. Venha, saia. Você é uma menina, certo? Deve estar com fome, né? Vou colocar a ração.

Já está na hora do jantar dos humanos, então deve ser a hora do jantar dos gatos também. Shūta lê o verso da embalagem de ração e procura informações on-line. Enquanto calcula a quantidade aproximada de ração, a gata se movimenta devagar dentro da caixa, mostrando metade do focinho.

— Ah, vai sair?

Mas ela logo se esconde. Deve ter se assustado. Shūta pensa em prender a respiração da próxima vez que ela tentar sair. Depois de esperar um tempo, a gatinha mostra metade do focinho e o observa, sem levantar a cabeça. Os dois permanecem parados, em silêncio, como se estivessem competindo para saber quem fica mais tempo imóvel. Parece que ela está testando Shūta. Ele já está sentindo os pés dormentes, tremendo por ficar tanto tempo agachado, mas permanece nessa posição.

Por fim, a gata levanta uma pata e a coloca para fora, mas a ponta das unhas não toca o chão. Ela parece pronta para voltar para o fundo da caixa a qualquer momento.

"Saia, por favor. Não aguento mais ficar nessa posição", pensa Shūta, já quase desistindo e levantando, até que a gatinha pisa no chão com delicadeza, pressionando a pata arredondada no piso. A pata é fofa como o pulso de um bebê, com uma linha que marca sua dobra. Ela é muito bonitinha. Depois de dar um passo e então dois, seu longo rabo aparece.

"Como você é grande."

Essa foi a primeira impressão dele. Na verdade, a gata não era tão grande assim, mas Shūta sempre acha que gatos são menores do que são de verdade. Ele já tinha visto vídeos de gatos atravessando espaços estreitos entre paredes. A felina à sua frente é tão peluda que parece um cobertor cinza. Se entrasse num corredor estreito, seus pelos provavelmente ficariam para fora.

Shūta não quer assustá-la, então se levanta devagar, as pernas ainda tremendo. Sem se importar com o dono da casa sofrendo em silêncio, a gata se aproxima do potinho de água. Ela funga algumas vezes e bebe a água com a ponta da língua.

Shūta a observa enquanto alonga as pernas dormentes. Fica admirado com o som da água respingando baixinho — era algo que não fazia parte do apartamento. Talvez por estar menos desconfiada, ela olha para os lados, examinando o quarto. Seus olhos param quando avistam o saco de ração ainda lacrado.

— É isso que você quer? Espere um pouco.

"É só dar água e depois comida. Como é fácil cuidar dela!", pensa Shūta, sorrindo.

Enquanto abre o saco e despeja a ração no outro potinho, ela aguarda em silêncio. Shūta imaginou que ela fosse pular na comida, mas a gatinha permaneceu imóvel, observando com as pupilas dilatadas a ração ser servida.

— Pode comer. Parece gostoso.

Shūta pega um grão de ração com a ponta dos dedos e finge levá-lo à boca. A gata, no entanto, continua no mesmo lugar. Ele a imagina se perguntando "Afinal, o que esse humano está fazendo?".

Sentindo-se um idiota, Shūta se deita de costas na cama e a observa de soslaio, tentando fingir desinteresse.

Depois de um tempo, ela se aproxima sorrateiramente do potinho de ração. Ele ouve um som tímido de mastigação. Apesar da presença marcante, ela é silenciosa. "Então é assim que gatos se comportam", pensa Shūta, ainda deitado.

A sensação de ter um gato naquele apartamento onde antes só havia ele era estranha. Shūta dá uma olhada ao redor e vê suas coisas amontoadas de qualquer jeito. Largou seus mangás e o videogame num canto e nunca mais tocou neles. Durante a semana, só volta para casa para dormir, e nos finais de semana dorme até quase meio-dia. Nada desperta o seu interesse.

Também não há vasos de planta pela casa, e, mesmo que tivesse, elas já teriam morrido.

Shūta decide fazer uma faxina depois de muito tempo. Recolhe as tampas de garrafas plásticas e os palitinhos descartáveis de *obentō* comprados na loja de conveniência espalhados pelo chão, e amontoa as roupas e revistas no canto do quarto.

Faz tempo que ele não toma a iniciativa de fazer algo além de procurar clínicas psiquiátricas. Mesmo sendo uma simples faxina, sente-se mais leve.

— Ah, essas coisas são as piores.

Os remédios para dormir espalhados em cima da mesa de repente lhe parecem substâncias perigosas. Ele junta tudo e guarda na gaveta.

Depois de comer, a gata dá uma volta pelo quarto lentamente, farejando as coisas. O passo dela é tão delicado que a faz parecer mais leve do que provavelmente é. É relaxante vê-la se aventurar pela casa. Esse tratamento é um tanto drástico, mas seu efeito é surpreendente.

"Onde ela vai dormir? Não tem nenhuma caminha na sacola. Não está frio, mas será que é bom deixar uma coberta por perto? Ou será que ela vai preferir dormir na cama comigo?"

Enquanto pensava nessas coisas, o tempo passou tão rápido que ele acabou pegando no sono e se esquecendo de tomar o remédio para dormir.

Shūta sobe correndo até o quinto andar com a caixa de transporte nas mãos.

Entra ofegante na Clínica Kokoro e a coloca diante da portinhola do balcão de recepção, a enfermeira sentada do outro lado.

— Gostaria de falar com o doutor sobre a gata.

— Sr. Kagawa. Sua próxima consulta está marcada para daqui a quatro dias. Ainda falta para o senhor retornar com a gata.

— Não, para mim chega — diz Shūta, tão ofegante que não consegue articular direito as palavras. — De qualquer forma, quero falar com o doutor. Eu espero o tempo que for necessário.

— Então pode entrar no consultório.

— Eu já disse, espero o tempo que... Hã?

— Pode entrar no consultório — repete ela, e volta ao trabalho.

Shūta fica atônito. Saiu da empresa e foi direto para casa buscar a gata, depois correu para a clínica. Precisava descontar sua ira em alguém. No entanto, como não esperava falar com o médico tão rápido, ficou atordoado.

— Então eu posso...

— Aguarde no consultório — responde a enfermeira sem levantar os olhos.

Shūta obedece, entra na sala, senta-se na cadeira e espera pelo médico.

Sente o peso da caixa em seu colo. A gata parece inquieta, talvez esteja nervosa.

"Não é culpa dela", pensa ele. Mas, mesmo sabendo disso, não consegue controlar sua raiva. A cortina se abre e o médico aparece.

— Ué, sr. Kagawa? O senhor por aqui? Está com algum problema? — pergunta o médico amigavelmente.

— Fui demitido! E é tudo... Tudo culpa dessa gata! — Ele explode assim que vê o médico sorrindente e segura com força a borda da caixa. Talvez por ter sentido a irritação de Shūta, a gatinha bufa de forma ameaçadora.

— Ora, ora. Que bom — diz o médico, rindo.

— Bom? — Shūta arregala os olhos.

— O senhor queria sair dessa empresa, não queria? Agora que foi demitido, está tudo resolvido. Acertei em cheio ao receitar esse gato. Eficácia comprovada!

Ele ria com satisfação. E, ao ver o sorriso do médico, Shūta se acalma um pouco. Não, não vale a pena levar a sério o que ele diz. Para começar, isso tudo nem foi de fato um tratamento.

Mesmo assim, precisa expressar seu descontentamento, então coloca a caixa sobre a mesa e exclama:

— Eu nunca quis ser demitido! É uma grande empresa, batalhei muito para entrar lá. Vim aqui me consultar justamente porque não queria sair.

O médico inclinou a cabeça.

— Mas o senhor não disse que o ambiente de trabalho era tóxico?

— Bom... Qualquer lugar é assim. Não importa se é uma empresa grande, média ou pequena, nenhum lugar é perfeito.

Shūta ficou chocado com as próprias palavras. Nunca imaginou que defenderia aquele lugar abominável. Estava repetindo o que ouvira diversas vezes dos amigos: "É assim em qualquer lugar." "Agradeça por estar recebendo o salário em dia." "Você está sendo muito exigente..."

Ele aguentou por tempo demais, mas tudo em vão. Shūta foi tomado por uma profunda tristeza.

— Não é justo me mandarem embora assim. Eu suportei tudo calado. E não serviu de nada.

— Hummm. — O médico olha o relógio de pulso. — Bom, vamos conversar um pouco? O paciente com hora marcada ainda não chegou. — Sua voz demonstra compaixão, mas, ao mesmo tempo, ele parece estar se divertindo com a situação.

Shūta sente sua força se esvair. Essa clínica não é como as outras. Mesmo ele explicando que está sofrendo, mesmo chorando, o médico não mostra o mínimo de empatia. Será que isso é melhor do que fingir que se importa com o paciente? O médico esquisito sentado diante dele esboça um leve sorriso.

— No dia que levei a gata para casa, não tive nenhum problema. Bê dormiu tranquila. Na manhã seguinte, preparei a ração e fui trabalhar normalmente.

Shūta se sentira um pouco mais relaxado naquela noite, mas nos dias seguintes foi a mesma coisa de sempre. O péssimo ambiente de trabalho é um problema que um gato não tem como resolver.

Até que não é difícil cuidar de um gato.

Shūta sorriu ao vê-la comer tranquilamente. "Será que amanhã o apartamento vai estar todo destruído?", pensou. Mas, ao acordar, tudo ainda estava no mesmo lugar.

A gata estava enrolada no cobertor debaixo da mesa. Não tinha feito nenhuma arte. Quando notou que Shūta havia acordado, se aproximou. "Será que ela já se acostumou comigo ou foi treinada para ser carinhosa?"

Ele vai até o banheiro. Quando olha para trás, vê a gatinha o seguindo.

— Que foi? Está com fome? — pergunta ele, olhando para baixo.

A gata esfrega a cabeça no seu pé com força, a ponto de dobrar as orelhas triangulares. Na noite anterior, Shūta não tivera coragem de tocar nela, com medo de levar um arranhão, mas agora que a gatinha estava demonstrando tanto carinho, não podia ignorá-la.

Ele acaricia a testa dela e sente a textura lisa e macia dos pelos. É uma sensação estranha. Sempre imaginou que os pelos de gatos fossem finos e espetados, como os de uma escova. A gatinha levanta a cabeça, e Shūta encolhe a mão, assustado. Mas ela estica o pescoço e encosta a cabeça na palma da mão dele de novo, como se estivesse pedindo mais carinho.

— Você é muito fofinha.

O corpo da gata também não é mole como Shūta imaginava. Quando a acariciou, achou que seria como tocar num bicho de pelúcia, mas o corpo dela é firme, como... uma bola de tênis fofa? Quando passa os dedos nela, percebe como seus pelos são longos, apesar de não parecerem. Agora, olhando mais de perto, ele nota faixas marrom-claras que formam desenhos de ondas delicadas em meio à pelagem cinza. Por baixo, há uma camada de pelos esbranquiçada e macia. "Que bonito", pensa Shūta.

A gata é bem forte. Ela esfrega com vontade o corpo macio contra a palma da mão de Shūta. Ele não resiste e acaba preparando a ração e a água da gata antes de se arrumar para o trabalho. Um animal de estimação tem mesmo o poder de mudar a rotina de alguém.

— Até que não é tão ruim viver assim — afirma Shūta, enquanto se agacha e observa a gata comer. Teve uma boa noite de sono.

Fazia tempo que não sentia o corpo tão leve, mas, mesmo assim, não tinha a menor vontade de ir para o trabalho.

"Só preciso aguentar mais um dia..."

Esse era o seu mantra toda manhã. "Só preciso aguentar mais um dia, amanhã as coisas vão melhorar. Não posso pedir demissão agora."

Shūta faz carinho na cabeça da gatinha com a ponta dos dedos enquanto ela bebe água. Ela fecha os olhos, satisfeita. Por algum motivo, ele tem a impressão de que se aguentar só mais esse dia sua vida finalmente vai melhorar.

Mas é apenas uma impressão.

— Pela terceira semana consecutiva, o pior vendedor do departamento é o Mamiya! Palmas para ele!

Shūta sente o estômago embrulhar ao ouvir a voz rouca de Emoto ecoar pelo andar.

Todos aplaudem. Estão ali para a reunião semanal. Emoto, o gerente, está sentado à sua mesa de costas para a janela, humilhando Mamiya, que permanece sentado à sua frente, envergonhado.

— Esse aí só atrapalha. Por causa dele não conseguimos cumprir as metas. Não é, Mamiya? Como se sente recebendo salário mesmo sem trabalhar? É muito legal, né?

Emoto, que é de Osaka, falava em dialeto de Kansai até no ambiente de trabalho. Mamiya continua cabisbaixo e calado. Nenhum dos vendedores consegue encará-lo. Todos que passam por aquela situação ficam mentalmente abalados. Só de presenciar a cena, Shūta sente náuseas.

— Ei, Kagawa! — chama Emoto de repente, pegando-o de surpresa.

— S-Sim.

— Você não é muito diferente do Mamiya, né? Como vocês dois têm coragem de vir trabalhar? Se eu fosse vocês, já teria pedido as contas há muito tempo de tanta vergonha.

A voz sonora e alta embrulhava o estômago de Shūta. Ele havia aprendido que nessas horas, em vez de baixar a cabeça, era melhor mostrar um sorriso constrangido e rir.

— Tá rindo por quê? Você é idiota? Não tem como um magrelo pálido como você ser competente. Um bom vendedor é o cara bronzeado de sol que está sempre na rua, visitando os clientes. Olhe o meu braço. Esse sim é o braço de um homem com H maiúsculo.

Emoto mostra seu braço bronzeado. Shūta se pergunta se o chefe não teria ficado com a pele bronzeada enquanto jogava golfe, mas não diz nada, só continua rindo. Emoto começa a importunar outro funcionário.

— Ei, você não está pensando que vai ganhar alguma coisa por fazer hora extra, né? Seus resultados são péssimos, e ainda quer extorquir a corretora? Nunca ouviu a expressão "vestir a camisa da empresa"?

Emoto gritava com todos os funcionários, só poupava os que apresentavam bons resultados. Também costumava tacar bolinhas de papel ou canetas na cabeça deles. Mas o pior era ser ridicularizado na frente de todos na reunião. Shūta já havia sido humilhado algumas vezes, e nesses momentos seu corpo tremia de tanta vergonha. Os alvos de Emoto acabavam sendo ignorados por um tempo pelos colegas — eles nunca sabiam a coisa certa a se dizer.

Todos se esforçavam desesperadamente para não se tornarem o alvo. Emoto era conhecido por ser abusivo, mas os gerentes dos outros departamentos não eram muito diferentes. No departamento de vendas, os funcionários que não conseguem cumprir as metas são desrespeitados — e quem não aguenta a humilhação se demite. Se quiserem continuar, são obrigados a melhorar os resultados.

Shūta visitou os clientes agendados, mas não conseguiu nenhum contrato novo. Um dos clientes o ouviu atentamente, mas não demonstrou interesse pela proposta. Era raro alguém fechar um acordo nessas visitas, e vendedores jovens como Shūta não tinham a menor chance.

Quando começou a trabalhar na corretora, Shūta aprendeu que o trabalho no mercado financeiro consiste em lucrar em cima dos clientes cobrando taxas de serviço altíssimas. Se você tivesse sorte, as ações vendidas seriam valorizadas e os clientes ficariam satisfeitos. O objetivo, porém, não era fazer os clientes lucrarem; era fazê-los investir quantias cada vez maiores.

A corretora onde ele trabalha fica próxima ao cruzamento entre as avenidas Karasuma e Shijō, no bairro com uma das maiores concentrações de prédios comerciais de Quioto, um lugar cercado por bancos e lojas de departamento, e bem movimentado. Quando se mudou para a cidade, ficou muito empolgado em trabalhar num bairro nobre, com muitos arranha-céus.

No entanto, naquele dia, os passos de Shūta eram tão pesados e lentos que os turistas olhavam para ele com cara feia.

Sabia que, assim que voltasse para o escritório, Emoto iria chamá-lo para relatar os resultados. E ele seria humilhado de novo. Enquanto caminhava, alguém cutucou seu ombro. Era Kijima, seu colega de trabalho, que parecia igualmente cansado.

— Oi, Kagawa. Que bom te encontrar aqui. Queria falar com você.

Kijima era vendedor, assim como Shūta. Trabalhavam no mesmo departamento, tinham quase a mesma idade e personalidades parecidas — ambos eram tímidos. No ranking dos resultados, ficavam mais próximos da base do que do topo, e costumavam desabafar um com o outro sobre isso. No entanto, Kijima conseguiu atrair clientes que fizeram grandes investimentos e deixou de aparecer entre os últimos colocados.

Eles vão para um café perto da empresa. Shūta se sente aliviado por ter uma desculpa para não voltar direto para o escritório. Estava se sentindo totalmente desmotivado.

— Foi horrível o que o Emoto fez com o Mamiya hoje de manhã — comenta Kijima.

— É. Ele tem sido o alvo nos últimos dias. Sinto que vou enlouquecer toda vez que ouço aquela gritaria — diz Shūta, apesar de, no fundo, estar aliviado por não ser o foco das humilhações.

"Ainda bem que Mamiya vendeu menos que eu. Se ele sair, vai sobrar para mim...", pensava.

— Mas você está bem, né, Kijima? Anda tendo bons resultados. Como consegue fazer vendas com uma taxa de juros tão baixa? Preciso de algumas aulas suas — acrescenta Shūta, com certo cinismo.

Não fazia sentido tentar aprender, àquela altura, o *know-how* de vendas. Afinal, ele já participara de vários seminários e treinamentos oferecidos pela empresa. Os vendedores que conseguem bons resultados têm talento natural para isso.

Mas uma empresa que impõe metas iguais a todos, ignorando as individualidades de cada um, com certeza não é um bom lugar para se trabalhar — Kijima costumava se queixar disso também até pouco tempo atrás.

Entretanto, naquele dia, ele estava diferente.

— Vou sair da empresa — diz o amigo, com um leve sorriso.

— Quê?

— Queria deixar isso com você — responde Kijima, entregando um envelope com alguns documentos que tirara da pasta.

— O que é isso? — pergunta Shūta.

— Documentos que precisam ser entregues aos clientes do Emoto. São extratos dos investimentos, detalhes dos depósitos, recibos. Estão separados por cliente. Você poderia entregar para eles, seguindo essa lista?

— Não, não posso fazer isso! Como assim?! — Ao ver os documentos, Shūta franze a testa. — É proibido entregar os detalhes das transações diretamente aos clientes. E isso aqui... É um recibo, não é? Os vendedores não podem emitir isso por conta própria. Só o setor financeiro pode, certo? Para... para prevenir práticas irregulares — gagueja Shūta, sentindo o suor escorrer pelo corpo.

— Eu não entendo direito essas coisas — diz Kijima, exibindo um meio sorriso. — Mas, segundo Emoto, ele tem contatos lá no setor financeiro e certos privilégios. Ele já tem uma carreira respeitada; é diferente de nós, meros funcionários, então não se preocupe com esses detalhes.

— É? Mas, tudo bem?...

— Acho que sim. — Kijima esboça um sorriso tranquilo.

Shūta nunca ouvira falar dessa prática antes. Porém, há muitas coisas que um reles funcionário como ele não sabe. "Devem ter várias normas que eu não sei, isso deve ser normal", tentou se convencer.

— Bom, se o Emoto diz, deve ser verdade.

— Os clientes da lista são de primeira classe, clientes antigos. Faço umas visitas de vez em quando e consigo vender novas ações. É moleza.

— Se é tão fácil assim, então por que está me passando esse trabalho? Por que vai pedir demissão se está tendo bons resultados, Kijima?

— Antigamente, eu que era humilhado na frente de todos na reunião. Toda semana. O Emoto dizia que eu era o pior funcionário que já teve, um completo idiota. Você lembra, né? — Kijima sorri, encabulado.

Shūta fica sem reação. Era verdade, Emoto realmente dizia aquilo.

— Sim, lembro...

— Quando achei que estava no meu limite, Emoto disse que ia me ajudar a aumentar as vendas. Fiquei surpreso quando ouvi isso, mas, naquela hora, só queria parar de ser humilhado. Ele me disse que era só entregar os documentos aos clientes, coisa fácil. E a maioria dos clientes são idosos, então acabo conversando um pouco com eles durante a visita. Hoje de manhã por exemplo, visitei uma senhora simpática que fica feliz quando me vê.

— É. Alguns clientes são assim.

— A minha família é da ilha de Shikoku. Essa senhora lembrou disso e preparou um doce típico de lá só para me oferecer. Enquanto me via comer, disse: "Os seus pais devem estar muito orgulhosos, devem estar felizes vendo o filho trabalhar numa empresa tão renomada."

Shūta sente uma pontada no peito, como se tivessem lhe espetado um prego.

— Nessa hora — continuou Kijima, vendo o colega calado — me dei conta de que não sou nenhum motivo de orgulho. Sou um incompetente, os meus resultados eram tão ruins que não tive coragem de recusar o pedido do meu chefe. De repente, percebi que continuar nessa empresa era uma bobagem. Então finalmente criei forças para ir embora. Não vou voltar. Se eu voltar, vou continuar fazendo a mesma coisa.

Kijima se levanta. Os olhos dele, antes turvos, estavam límpidos.

— Se eu sair, Mamiya vai ficar no meu lugar. Ele está tão abatido que não vai ter coragem de recusar.

— Não, espere. Eu também não...

— Kagawa, você é tímido, mas, diferente de mim e do Mamiya, está tentando sair dessa situação. Com certeza vai ter coragem para enfrentá-la.

Ele fica atônito. Kijima vai embora e deixa os documentos dos clientes em cima da mesa.

Shūta ainda não sabe o que fazer, mas não pode deixá-los ali, então os guarda no envelope e volta para o escritório, atordoado.

Emoto o chama, mas Shūta ainda está distraído, pensando na situação.

— Ah, não! — grita o chefe, irritado. — Você pelo menos podia fingir que está se esforçando. E cadê o Kijima? Os jovens de hoje não conseguem fazer nada direito?

O expediente já havia acabado, mas muitos funcionários permaneciam no escritório sem ganhar hora extra. Shūta estava nervoso. Passaram-se algumas horas, mas Kijima ainda não havia voltado.

— Alguém pode ligar pro Kijima? Por que está demorando tanto? — vocifera Emoto.

Todos se entreolham. Em seguida, um dos vendedores pega o telefone. Ninguém atende. Depois de algumas tentativas, o próprio Emoto liga, irritado, mas de nada adianta.

Ao ver o chefe totalmente alterado, Shūta fica aflito.

"É sério? Ele não vai mesmo voltar?", pensa.

Shūta empurra sorrateiramente com o pé a pasta que deixara no chão.

Como Kijima não atende o celular da empresa, Emoto liga para seu número pessoal. Mesmo assim, não tem resposta. Os funcionários começam a se entreolhar com desconfiança. Emoto não costuma fazer alarde só porque um vendedor está demorando para voltar.

Shūta espera mais um pouco e sai do escritório sem ser notado. Ele mora perto da prefeitura de Quioto e normalmente volta para casa de metrô, mas, como quer pensar um pouco, decide ir a pé.

A melhor opção seria devolver os documentos a Kijima ou chegar bem cedo à empresa no dia seguinte e os deixar na mesa de Emoto sem que ninguém visse. A pior alternativa seria entregá-los aos clientes no lugar de Kijima.

"Não quero fazer nada disso. Por que sobrou para mim?", pensou Shūta.

Quando abriu a porta do apartamento, deparou-se com a gata. Ela miou baixinho.

— Opa! Desculpe, tinha me esquecido completamente de você — disse ao se agachar na entrada. Ele estende as mãos para acariciar seu corpo cinza, então ela se aproxima e esfrega a cabeça com força nelas.

— Foi mal. Desculpe. Queria ter voltado mais cedo...

O potinho de água estava vazio. "Droga", pensou Shūta, mordendo o lábio. Antes mesmo de tirar o casaco, enche os potinhos de água e de ração e a observa comer.

— Não consigo cuidar direito nem de um gatinho... Bê, você ficou me esperando aqui boazinha, sem reclamar. Você é bem mais inteligente do que eu.

O apartamento está intacto, nada fora do lugar. Ao pensar que a gata o aguardou e se comportou enquanto ele esteve fora, Shūta fica emocionado. Sente os olhos marejarem.

Ele ouve o celular tocando baixinho, mas o aparelho não está em seu bolso — havia enfiado na pasta tudo que estava em sua mesa e saído do prédio como se estivesse fugindo.

Shūta encontra o aparelho e vê que é sua mãe.

— Alô? Oi, mãe. — Só de ouvir a voz dela, sente o coração apertar. — Não, já estou em casa. Acabei de chegar. É... Já jantei, sim, não precisa se preocupar.

A mãe ligava de vez em quando para falar sempre as mesmas coisas. Nunca tinha nada de novo para contar, e Shūta também sempre respondia da mesma forma.

— Já falei, mãe. Eu já tenho certa experiência. As empresas valorizam mais quem tem experiência do que os recém-formados. É assim que funciona, mãe.

A preocupação da mãe era sempre a mesma: se o filho estava se dando bem no novo emprego. Assim que se formou, Shūta foi contratado por uma empresa alimentícia em sua cidade natal. Menos de seis meses depois, no entanto, pediu demissão, pois não aguentou as perseguições que sofria de um dos funcionários. Foi a primeira grande frustração que teve na vida, e ele ficou completamente desnorteado na época.

Ele se lembrava muito bem da expressão de decepção dos pais, principalmente do pai, quando contou que havia se demitido. Os dois não disseram nada, mas o desgosto no rosto deles era nítido. Afinal, o haviam criado com tanto esforço, feito tantos sacrifícios para que ele pudesse conquistar seu diploma, e tudo isso para Shūta acabar pedindo demissão pouco depois de conseguir seu primeiro emprego.

Por isso ficou tão feliz quando começou a trabalhar na corretora, uma empresa bem mais conhecida do que a anterior. Ele achara que o emprego o ajudaria a salvar sua dignidade e deixar seus pais orgulhosos.

— Não precisa se preocupar, mãe... Lá é diferente. É uma empresa renomada. O nível é outro. É, isso. — Shūta deixa escapar uma risada nervosa e sente o coração se transformar num deserto. — Já disse, mãe. Eles têm grandes expectativas sobre mim. Hoje mesmo, na reunião, o meu chefe disse que faltou pouco para eu ser o número um. Hã? Não, não é nada de mais. Faltou pouco, mas todos os meus colegas estão mais ou menos na mesma situação que eu. Todos estão trabalhando duro.

Todos estão trabalhando duro.

Todos estão trabalhando duro.

Ele tenta sorrir para evitar o tremor na voz. "Todos estão trabalhando duro. Eu também consigo."

Shūta desliga o telefone. Ao seu lado, a gata cinza havia terminado de comer e estava limpando a boca com as patas dianteiras. Depois começou a lambê-las.

"Você acabou de comer, não vai adiantar nada limpar as patas com a língua suja."

Shūta esboça um sorriso. Depois de lamber cuidadosamente as patas, a gatinha começou a esfregar o focinho com cuidado. Ela até parecia um humano esfregando os olhos. Depois de roçar a cabeça e as orelhas, relaxou, satisfeita.

— Que bom que você não tem nada com que se preocupar.

Shūta acaricia a cabeça dela. A gata fica imóvel, mas, assim que ele afasta a mão, ela lambe as patas e esfrega o focinho com mais dedicação do que antes, como se estivesse tentando ajeitar os pelos desgrenhados.

— Que desfeita é essa? Vou bagunçar ainda mais os seus pelos.

— Quando Shūta estende a mão, ela desvia delicadamente e se afasta mais um pouco para recomeçar a limpeza. — Foi mal, não vou mais te desarrumar. Volte aqui.

Mas a gata não volta. Ela o olha impassível, como se estivesse dizendo que a brincadeira tinha terminado. Shūta ri alto. Fazia tempo que não ria assim.

Havia se esquecido por um instante dos problemas no trabalho. Teria sido por causa dela?

"Só preciso aguentar mais um dia, amanhã as coisas vão melhorar", pensa ele.

Shūta ouve um som distante e abre os olhos devagar. "Ah, sim", lembra ele. Configurara o alarme para tocar mais cedo, assim ele conseguiria chegar à empresa antes dos outros.

Além do barulho do alarme, ouve um som estranho. *Rec rec. Crac crac.*

Estaria ouvindo zunidos logo de manhã? Ele ri, mas quando ouve um ruído mais alto, salta da cama.

E encontra pedaços de papel espalhados por todos os lados.

"O que é isso? Estou mesmo no meu quarto?"

Confuso, ouve outro ruído. No canto do quarto, a gata segurava uma folha de papel com as patas dianteiras e a rasgava habilidosamente com a boca.

— Ei, Bê, o que você está fazendo? — pergunta Shūta, atordoado.

A gata simplesmente se vira com o papel na boca. A folha — onde liam-se os dizeres "Relatório de lucros" — estava sendo rasgada e reduzida a pedacinhos.

Quando percebe que aquele era um dos documentos que planejava devolver às escondidas naquele dia, Shūta fica chocado. E como se fizesse questão de lhe mostrar o que havia feito, a gatinha ainda cravou as unhas no maço de papel.

— Mas... como?

Ele não havia retirado os documentos da pasta na noite anterior, mas, quando pegou o celular, deixou o fecho aberto. A gata deve ter puxado o envelope com a boca.

Ele ouve um miado e sente, através do tecido fino do pijama, o corpo macio da gatinha se esfregando vigorosamente em suas pernas. Ela andava com delicadeza e silenciosamente pelo chão coberto de pedaços de papel.

Shūta entra no escritório sorrateiramente. Ele só conhecia uma pessoa no departamento de contabilidade, Yuina Sakashita, que certa vez sentara ao seu lado num happy hour com o pessoal do trabalho.

Como ainda era cedo, havia poucos funcionários, mas Yuina já havia chegado, então ele a chama discretamente.

— Olá. Você é... Kagawa, do departamento de vendas, né? — Ela se lembrou do nome dele. — Precisa de alguma coisa?

— Sakashita, preciso de um grande favor seu. Me ajude, por favor. — Ele mostra os documentos rasgados.

— O que é isso? Recibos para serem entregues aos clientes? — Yuina arregalou os olhos.

— São dos clientes do nosso gerente, Emoto. Parece que foram emitidos pelo setor financeiro. Aqui está a lista dos clientes.

A lista tinha sido a única coisa que se salvou das garras da gata. Ao ver o nome e o endereço dos clientes, Yuina franze a testa.

— Quantos nomes. Os vendedores estão entregando os documentos diretamente a eles? Isso não é permitido. E por que estão rasgados? — pergunta Yuina, desconfiada.

Shūta conta verdade a ela. Só não revela o que sabe sobre Kijima.

— Eu imploro. Por favor, você pode emitir os documentos sem contar nada ao Emoto? — Shūta junta as mãos em prece.
— Quê? Não, não posso. Os documentos dos clientes só podem ser emitidos depois de serem aprovados. Não posso emitir só porque alguém pediu, muito menos entregar diretamente a um vendedor.
— Mas o nosso gerente, Emoto, tem um contato que emite para ele. Parece que os clientes da lista são de primeira classe, então deve ter um procedimento que não conhecemos...
— Será? Isso é improvável...
Yuina parece mais desconfiada.
— Se Emoto ficar sabendo, vai me matar. Ele é muito perverso. Eu imploro. Por favor, ninguém pode saber disso. Por favor — insiste Shūta desesperadamente.
— Bom, vou dar uma pesquisada e descobrir se essas emissões constam no histórico. Talvez tenha algum regulamento interno que eu estou deixando passar — pondera Yuina, relutante frente à insistência do colega.
— Deve ter, sim — responde Shūta, aliviado. — Afinal, as regras nessa empresa são meio obscuras. Nem pagam direito a hora extra.
— Toda empresa é assim, né? — diz Yuina com um sorriso cínico no rosto.
O problema ainda não estava resolvido, mas Shūta fica levemente esperançoso. Teve uma boa impressão de Yuina — era uma pessoa responsável que certamente tentaria ajudá-lo. "Mesmo que não dê certo, vou retribuir de alguma forma", pensa Shūta.
Naquela manhã, foi visitar um cliente e, quando voltou depois do almoço, viu Emoto sentado à mesa, quieto e mal-humorado. Apesar do silêncio anormal, ninguém ousou se aproximar dele, então Shūta também achou melhor manter distância.
No fim da tarde, a caminho do departamento de contabilidade, alguém puxa Shūta pelo colarinho e o arrasta até o patamar da escada. É Emoto.

— S-Sr. Emoto?

— Kagawa, quem você pensa que é? — Emoto está pálido, espumando pelo canto da boca. Parece furioso, à beira da loucura, diferente de quando proferia suas ameaças rotineiras. — Você pediu para a contabilidade reemitir os documentos? Está louco?

Emoto está com a lista amassada em mãos. Ele tinha sido descoberto. Shūta sente suas forças se esvaírem. Os joelhos fraquejarem.

— M-Me desculpe. Acabei danificando os documentos importantes dos clientes, foi um acidente.

— Isso não importa agora! Por que estava com esta lista?! Cadê o Kijima?!

Emoto gritou tão alto que Shūta achou que os tímpanos fossem romper.

— Ele... — Shūta não imaginava que o gerente fosse ficar tão furioso, então está apavorado e não sabe como explicar tudo. — O Kijima... Ele me deu os documentos e disse que ia sair da empresa. Disse que não voltaria mais.

Emoto fica sem reação. Fita o chão, como se estivesse procurando algo.

— Vá embora você também! — exclama o gerente, levantando a cabeça de súbito.

— Quê?

— Peça as contas. Agora mesmo. Um funcionário como você só dá prejuízo. Você é um vendedor imprestável, só serve para ser usado e jogado fora. Eu mesmo vou resolver esse problema. Você perdeu documentos importantes, tem noção disso? É motivo de demissão, mas vou comunicar o RH que você está saindo por razões pessoais. Entendeu?

Emoto se aproxima lentamente. Ele sorri, mas seus olhos estão furiosos. Shūta fica confuso.

— Mas eu não perdi. Foi a minha gata que rasgou.

— Isso não vem ao caso agora! — O grito de Emoto atravessou a escadaria de emergência. Ele apertou o pescoço de Shūta pelo colarinho. — Você está demitido! Um sujeito que falsifica documentos como você... Demitido!

— Mas...

— Tenho provas! Tenho provas de que você solicitou a emissão de documentos ilícitos ao departamento de contabilidade! Você e o Kijima eram cúmplices e tentavam enganar os clientes! Eu tenho provas!

"O que ele está dizendo?", pensa Shūta.

Está perplexo com o desenrolar absurdo da situação. Contudo, a palavra "demitido" foi o que o deixou mais chocado.

— Você acha que eu sou idiota? Vou fazer de tudo para você ser demitido! É melhor para todos que gente como você e o Kijima, que só dá prejuízo, suma da empresa! Peça as contas. Peça as contas agora mesmo!

Aquilo foi a gota d'água. Shūta vira as costas e desce a escada correndo. Não ouve mais os gritos e xingamentos. "Preciso sair daqui agora mesmo." Ele só pensa nisso.

Shūta ouve um miado baixinho vindo da caixa de transporte em cima da mesa no consultório.

Sente um aperto no coração. Depois de ser ameaçado por Emoto, saiu correndo da empresa, voltou para casa e enfiou a gata à força na caixa. Ela devia estar confusa, sem entender o que estava acontecendo.

Mas ele também estava. Fugiu da empresa atordoado. Em vez de tentar compreender a situação, preferiu proteger o seu coração amedrontado.

— Hummm. — O médico cruza os braços, fazendo-se de desentendido. — Entendi.

— É, de repente ele gritou: você está demitido, demitido! Eu não sabia o que estava acontecendo. Sei que foi culpa minha ter danificado os documentos, mas ele não precisava ficar tão transtornado daquele jeito.

Enquanto explica, Shūta vai se acalmando aos poucos. Ir à clínica talvez não tenha sido uma boa ideia. Está um pouco sem jeito no consultório.

— Hummm. — O médico se faz de desentendido outra vez. — Eu não sei direito como funcionam esses trâmites, mas o gerente não pode demitir um funcionário desse jeito, né? — Em seguida, se dirige à enfermeira que entrou na sala: — Sra. Chitose, poderia levar o gato?

Sem demonstrar qualquer emoção, a enfermeira pega a caixa. Quando ela vai para os fundos com a gata, Shūta sente uma vaga sensação de perda, mas a reprime.

— Numa empresa normal, talvez não. Mas na nossa, quando um funcionário fica mentalmente esgotado, em vez de darem licença, obrigam a pessoa a pedir demissão. Do jeito que o meu chefe estava com raiva, ele pode me demitir por justa causa de verdade. Se isso acontecer, não vou conseguir outro emprego.

— Entendi. Bom, acho melhor o senhor não se preocupar tanto. Poderia me dar licença? Estou esperando um paciente — diz o médico, despreocupado. Ele sorri e indica a porta de saída.

Shūta havia se acalmado um pouco, mas sente a ira crescer novamente dentro dele.

— O senhor ouviu o que eu disse? Eu fui demitido! Não entendi direito o motivo, mas quem causou toda a confusão foi essa gata, que rasgou os documentos. Como pode agir com tanta indiferença? O senhor não vai se responsabilizar por isso?

— Me responsabilizar? Mas eu não posso fazer nada... — O médico tenta se esquivar. — Então o senhor quer voltar a trabalhar naquela empresa tóxica? É isso?

— Quê? — Shūta prende a respiração por um instante.

É isso que ele quer? Mesmo que não tivesse sido demitido, será que conseguiria continuar trabalhando lá? Não acabaria fazendo tudo de novo, como dissera Kijima?

Contudo, seus pais não podem saber da demissão. No dia anterior, disse à mãe que estava tudo bem. Como contaria que havia sido mandado embora?

— Não quero voltar a trabalhar lá — responde Shūta, olhando o punho firmemente fechado sobre o colo. — A essa altura, não importa o tipo de trabalho, só quero encontrar um emprego novo.

— Entendi. Vou te receitar um gato. — O médico se vira para a cortina e pede: — Sra. Chitose, poderia trazer o gato?

A enfermeira logo aparece com a caixa de transporte.

— Dr. Nike, podemos confiar mesmo nele? — pergunta ela, mal-humorada.

— Está tudo bem, sra. Chitose. Você se preocupa demais.

— Bom, eu avisei — declara ela, ríspida, e sai da sala, deixando a caixa sobre a mesa.

Os dois parecem ter a mesma importância dentro da clínica — melhor dizendo, a enfermeira parece mandar até mais do que o médico.

Dr. Nike ri alto ao notar o olhar apreensivo de Shūta.

— Como sou meio atrapalhado, vivo levando bronca. Mas a sra. Chitose no fundo também tem um lado gentil. Como costumam dizer, ela parece fria, mas tem um coração mole.

— É mesmo?

O médico era atencioso à primeira vista, mas, de repente, se mostrava impassível e frio. A julgar pela aparência, parece um homem simples e tranquilo. Será que é casado? Será que a enfermeira é sua namorada?

Enquanto divaga, Shūta repara na caixa em cima da mesa e arregala os olhos.

— Mas essa é a mesma gata que levei pra casa.

Era Bê, a gatinha de pelo cinza e olhos dourados. Ela fitava Shūta.
— Sim. O senhor não apresentou nenhum efeito colateral, então vamos continuar com a mesma gata. Desta vez, vou prescrever por dez dias. Se sentir alguma coisa, entre em contato.
— Mas...
— Sim?
— A mesma gata? — questiona Shūta, atordoado.
— Prefere um gato mais forte? — pergunta o dr. Nike enquanto espia a gata pela portinha.
— Não, pode ser ela.
Ao ver que o paciente concordou, o médico lhe entrega a caixa, sorridente.
— Melhoras. Vou preparar a receita, pegue na recepção tudo o que for necessário.
Shūta sai do consultório. A enfermeira antipática o aguarda na recepção.
— Aqui estão os suprimentos. As instruções estão dentro da sacola, leia com atenção.
Na sacola, além da ração e da areia, há uma placa de papelão. "Será que é um arranhador?" Percebendo a dúvida no olhar de Shūta, a enfermeira avisa, de modo ríspido:
— Se quebrar ou se o gato não gostar, compre outro.
— Ah, eu tenho que comprar?
Há também uma coleira laranja. Pequena, que parece caber no seu pulso. E vinha com um cordão. "Será que é uma guia?" Era tudo novinho em folha.
— E isso aqui?
— Tem um manual de instruções dentro da sacola. Leia, por favor.
— Mas isto...
— Leia, por favor.
— Está bem...
Shūta sai da clínica confuso. Curioso para saber o que está escrito no manual, retira o papel da sacola e o lê.

"Nome: Bê. Fêmea. Idade estimada: oito anos. Sem raça definida. Alimento: quantidade adequada de ração de manhã e à noite. Água: fornecer regularmente. Limpeza das fezes e urina: quando necessário. É imprescindível o uso da coleira e da guia na hora de passear. Deixe-a afiar as unhas com frequência para desestressar. Evite deixá-la sozinha por longos períodos, já que pode gerar instabilidade emocional."

"Como assim, 'passear'?" Shūta deixa escapar uma risada nervosa. Agora ele precisa passear com a gata? Como se fosse um cachorro? Só de pensar em colocar a coleira na gata, Shūta sente pena, não quer prendê-la numa guia.

Ao sair do prédio, o céu já está escuro.

— Bê! — chama Shūta, e a gata olha para ele. O peso que sente em uma das mãos já lhe é familiar.

Shūta estava tão distraído quando saiu do prédio que acabou entrando na rua errada.

Quando se depara com o mercado Nishiki, que fica na avenida Nishikikōji, pensa em voltar, mas a gata se mexe dentro da caixa. Deve estar agitada por causa da movimentação e do cheiro de comida.

Shūta muda de ideia e vai na direção norte. Um som alto vem da avenida Rokkaku e a caixa chacoalha novamente: a badalada do sino do Templo Rokkakudō. A gata parece assustada, então ele segue para o leste.

Como não conhece essas redondezas, começa a vagar sem rumo. Se seguir em linha reta, logo chegará a alguma rua conhecida.

"Estudar o mapa de Quioto não serviu para nada", pensa ele enquanto caminha sem pressa. No começo, achou que Karasuma, uma das principais avenidas da cidade, era a Torima, pois os ideogramas de *karasu*, que significa "corvo", e o de *tori*, que significa "pássaro", são bem parecidos. Mas, pelo visto, aprender esses detalhes foi apenas perda de tempo.

Shūta avista uma loja de conveniência mais adiante. Como não costuma passar por essa avenida, não conhecia o estabelecimento, mas resolve entrar, já que não tem nada na geladeira de casa e a gata está mais tranquila. Dá uma olhada nas opções de *obentō*, mas nenhuma lhe abre o apetite.

Não está com fome. Não tem trabalho. O dinheiro que economizou acabaria em breve.

Shūta também não tem namorada. De repente, se lembra de Yuina Sakashita, com quem falou naquela manhã. Ele não a culpa, mas queria saber como a lista fora parar nas mãos de Emoto. "Depois que as coisas se acalmarem, vou convidá-la para jantar", pensa ele.

Shūta ri do próprio otimismo. Um rapaz usando uniforme de operário que estava por perto faz uma cara feia para ele e pergunta:

— Ei, está rindo do quê?

Shūta se assusta e vai direto para a saída.

Então, a portinha da caixa de transporte se abre e a gata salta para fora.

— Hã?

Tudo acontece muito rápido. A gatinha aterrissa no chão da loja de conveniência silenciosamente e aproveita que um dos fregueses está de saída para sair junto.

— Ei, Bê!

Shūta sai correndo, mas perde a gata de vista. Vai para o estacionamento e a procura debaixo dos automóveis.

— Não brinca comigo, Bê! Cadê você?

Ele ouve um miado baixinho, então se levanta e vê a gata sentada no capô de um carro.

— Ah, que bom. Vem, Bê — chama Shūta, aliviado, estendendo a mão. Nesse momento, ela estica as garras das patas dianteiras e começa a arranhar o capô.

Shūta prende a respiração e sente o rosto perder a cor.

Porém o grito do homem atrás dele o assusta.

— AHHHH! — É o rapaz com uniforme de operário. O rosto dele também está pálido. Ele corre para o veículo. — O carro novo do chefe!

Assustada, a gata salta para o teto da carroceria e começa a arranhá-lo também.

— E agora? O que eu faço? — Com cara de choro, o rapaz esfrega a manga do uniforme no capô arranhado.

Shūta observa tudo, perplexo. Quando a gata se aproxima dos seus pés, ele a pega no colo, completamente atônito.

— Bê... — diz.

— O gato é seu? — pergunta alguém num tom grave.

Shūta é pego de surpresa. Não tinha percebido que havia um homem ao seu lado. Ele está com uma expressão carrancuda e usa roupas sóbrias, além de uma grossa corrente de ouro no pescoço.

— Che-Chefe! Desculpe! Foi esse gato desgraçado... — diz o rapaz ao se aproximar correndo com cara de choro e se curvar com deferência.

— Seu idiota! — grita o homem em tom ameaçador, deixando Shūta e o rapaz paralisados. Os transeuntes observavam a cena curiosos. — De que adianta culpar o gato?

— D-Desculpe! — O rapaz de uniforme baixa a cabeça.

O homem fita o capô com uma expressão ameaçadora.

— Ei, você aí — grita.

— S-Sim — responde Shūta, imóvel.

— Não quero criar mais problemas, mas um acidente desses é descuido do dono, não acha? O gato não tem culpa, mas você, que é o dono, tem. Certo?

— S-Sim. Certo.

— Então quero que você acerte as contas comigo. Ei, Kōsuke, leve esse moço ao escritório.

— Sim. — O rapaz de uniforme lança um olhar penetrante a Shūta.

"Escritório? Será que escritório é um código para algo muito pior?", pensa ele.

Shūta se imagina sendo interrogado por brutamontes assustadores. Que situação horrível. Ele já havia perdido o emprego. Perderia a vida também?

A gatinha está em seus braços, quieta e indiferente a toda a confusão.

Ele se lembra do que está escrito no manual que recebeu da clínica: "É imprescindível o uso da coleira e da guia na hora de passear. Deixe-a afiar as unhas com frequência para desestressar."

Então a coleira, a guia e o arranhador eram para evitar esse tipo de incidente, conclui Shūta, olhando de soslaio o carro preto todo arranhado.

Na parede, há um pequeno altar xintoísta. Tirando isso, é um escritório comum.

Shūta esperava encontrar espadas e o brasão da família suspensos na parede — adornos que a máfia japonesa costuma ostentar —, mas parecia o escritório de uma empresa de construção qualquer. No estacionamento havia escavadeiras e caminhões de pequeno porte, e homens uniformizados entravam e saíam.

Shūta aguarda na recepção com a caixa de transporte no colo. No trajeto até ali, Kōsuke Higuchi, o rapaz que usava uniforme de operário e dirigia o carro, disse orgulhoso que o prédio da empresa era próprio, e não alugado. Ele era falante e contou que o dono da empresa, Jinnai, comprara o carro recentemente, depois de aguardar por muito tempo a aprovação da esposa, e que estava bastante apreensivo até o automóvel chegar. No banco traseiro, Jinnai permaneceu calado e amuado.

— Quê? Já estragou o carro novo? — Uma voz estridente ecoou no escritório. — Kōsuke, o que aconteceu? — repreendeu uma mulher de meia-idade, temperamento aparentemente nervoso e óculos.

O rapaz está abatido.

— Me desculpe, dona Satsuki. Foi o desgraçado do gato que arranhou o capô.

— Não culpe o gato! Foi você que se ofereceu para dirigir! E pare de me chamar de "dona"! Não sou mulher de mafioso.

— Desculpe, dona Satsuki — repetiu Kōsuke.

Quando ele abaixou a cabeça, os funcionários que estavam no escritório começaram a rir. Pelo visto, a mulher de óculos faz parte da diretoria da empresa.

Shūta ouve uma risada grave. É Jinnai, empertigado no sofá de couro nos fundos do escritório.

— Mulher de mafioso? Nunca vi uma mulher de mafioso tão pão-duro quanto você.

— Quê? — Satsuki lança a ele um olhar fulminante. — Para começar, não precisavam ir de carro até a loja de conveniência. Só porque comprou um carro novo já quer exibir por aí...

Ainda resmungando, ela se senta na frente de Shūta, com a testa franzida, parecendo irritada.

— Prazer. Eu sou Satsuki Jinnai, responsável pela contabilidade da empresa.

— Prazer. Eu sou o Kagawa. Sinto muito pelo carro.

Shūta baixa a cabeça. Será que ela é a esposa do dono? Quando levanta o rosto para observá-la de relance, os olhos frios de Satsuki cruzam com os dele.

— Quantos anos você tem? Parece jovem, mas não é mais estudante, né? Onde mora? Tem seguro? Nós vamos pedir o orçamento do conserto e consultar a nossa seguradora para decidir se usamos o seguro ou não. Você pode fazer o mesmo? Acho que não vai ficar muito caro, mas como o carro é novo, não posso garantir nada.

— S-Sim — gagueja Shūta diante de tantas informações e perguntas.

— O que você faz? — pergunta Satsuki com um olhar desconfiado. — Está de terno e carregando um gato. Trabalha com o quê?

— B-Bom... não trabalho.

— Não trabalha?

— Até ontem eu trabalhava numa empresa renomada, mas fui demitido hoje... Quer dizer, pedi demissão.

— Está desempregado, então?

Essa simples constatação atinge o coração de Shūta como uma flecha.

— Estou... — responde, cabisbaixo.

De repente, uma sombra se projeta sobre ele. Ao levantar a cabeça, vê que Jinnai o observa.

— Tem duas coisas que não suporto.

— Hã?

— Uma é ver um jovem saudável à toa, sem trabalhar. Fico extremamente irritado com gente assim.

— Espere... Não estou à toa. Eu tinha trabalho até hoje de manhã, eu juro.

— E a outra coisa — brada Jinnai — é gente que maltrata gatinhos!

— Gatinhos? — Shūta fica atônito, e a gata se mexe dentro da caixa. "Ele está falando da Bê? Maltratar? De quem ele está falando? Por acaso ele acha que estou maltratando ela?"

— É, gatinhos! Não suporto quem maltrata um animal tão bonitinho como o gato! Eu mesmo vou dar um jeito em quem faz essas crueldades! — grita Jinnai.

— Ei, para de gritar. Você só fala em gato, gato... — Satsuki franze a testa em desaprovação. Ela se vira para Shūta e diz: — É Kagawa o seu nome? Não ligue para o que ele está falando. Ele vê tanto vídeo de gatinho que acha que tem um também.

— Se eu fosse o dono, não carregaria o pobrezinho numa caixa barata como essa, que se abre facilmente — reclama Jinnai. — Para começar, não sairia para passear sem coleira. E se ele se perdesse? O que você iria fazer? Não acha uma grande irresponsabilidade, não?

— Eu... Eu tenho coleira. Ia colocar quando chegasse em casa — diz Shūta, pegando às pressas a coleira da sacola.

— É muito pequena! — exclama Jinnai ainda mais alto quando vê a coleira. Ele arranca a sacola das mãos de Shūta, despeja o conteúdo e arregala os olhos assim que vê o saco de ração.

— O que é isso? Você conferiu a tabela nutricional quando comprou? Tem carboidrato demais! Um gato adulto precisa de alimentos com maior teor de proteína animal!

— Proteína?

Proteína para gato? Shūta olha a caixa de transporte no seu colo. A gata está encolhida nos fundos.

— Não entendi direito... Achei que servia, pois estava escrito "ração para gatos".

— O quê?! — O olhar de Jinnai fica cada vez mais ameaçador. — Quantos anos tem esse gatinho? Não parece filhote.

— B-Bem... Não é filhote, mas não é muito grande. Ah, sim. No manual estava escrito que tem oito anos. Ontem ela comeu essa ração, acho que gostou...

— Você é um monstro?! — grita Jinnai, furioso. Ele, sim, parecia um monstro. Shūta fica atônito. — Oito anos já é quase meia-idade! É uma idade bastante delicada! Como você é irresponsável! Além do mais, quer enforcar o gatinho com uma coleira pequena dessa? Não gostei nada disso! Não gostei!

— Ei, querido. Você está falando alto demais. O rapaz está assustado — diz Satsuki, pasma com a situação.

Shūta fica aliviado. No entanto, o brilho dos olhos dela por trás dos óculos era mais penetrante do que o olhar de Jinnai.

— Fiz um orçamento rápido, e o conserto deve dar em torno de um milhão de ienes.

— Um milhão? Não é possível... — Shūta abre um sorriso constrangido. Achou que ela estivesse brincando, mas, ao olhar para o casal, percebe que estão falando sério. — I-Impossível. Não tenho tudo isso. Acabei de largar o meu emprego.

— Então você pode trabalhar aqui. A partir de amanhã — diz Jinnai, num tom intimidador. — Vamos descontar do seu salário o valor do conserto. Nós pagamos bem para quem trabalha com seriedade. Em seis meses você consegue quitar a dívida.

— Trabalhar aqui? — pergunta Shūta. Os homens uniformizados que estão no escritório têm um corpo robusto. Todos são maiores do que ele. Nitidamente faziam trabalho braçal. Será que ele receberia tratamento especial? — Na contabilidade? — pergunta, levantando os olhos para o casal, esperançoso.

— Claro que não. Trabalhar na obra, ao ar livre — responde Jinnai.

— Não, não posso. Nunca fiz trabalho braçal, nunca fui bom em esportes.

— Não resmungue e venha a partir de amanhã. Entendeu? — orienta Jinnai, com um olhar fulminante.

Shūta suspira, resignado. De fato, ele tinha dito ao médico que queria trabalhar, independentemente do tipo de trabalho. Porém havia acabado de se livrar de uma empresa tóxica e parecia prestes a começar em outra pior ainda.

A gata está agitada dentro da caixa. Ele precisa ler o manual de novo, com atenção, para fazer tudo certo desta vez.

— Ei, amigo! Se segurar desse jeito, vai machucar o quadril.

Os homens brutos e bronzeados carregavam os materiais de ferro com facilidade. Deviam ser mais velhos do que o pai de Shūta, mas os levantavam como se fossem gravetos.

A obra era num pequeno parque no meio de um bairro residencial. Tinham que quebrar o piso velho, construir um novo, de concreto e podar os galhos das árvores. Shūta era responsável por mover a placa com os dizeres "Estamos em obra". Ele já tinha visto aquelas placas de sinalização e cones em outros lugares, mas nunca os manuseara. Mal conseguia controlar o carrinho de mão para carregar a brita e, quando tentou juntar os galhos e folhas podados, tropeçou nos próprios pés e caiu, deixando todos boquiabertos.

Na hora do almoço, alguns vão à loja de conveniência comprar algo para comer. Outros comem marmitas trazidas de casa. Shūta está tão exausto que prefere apenas sentar e descansar.

De repente, uma sombra o cobre. Ao levantar o rosto, vê Kōsuke Higuchi, o motorista.

— Pra você. — Ele lhe entrega uma marmita.

— Você comprou almoço pra mim? — pergunta Shūta, pegando a caixa.

— O chefe Jinnai e a dona Satsuki me mandaram cuidar de você — responde o jovem, sentando-se ao seu lado. — Afinal, eu que te achei.

— Achou? — diz Shūta aos risos.

Kōsuke sem dúvida é mais novo do que Shūta. Aparenta ter pouco mais de vinte anos. Quando Shūta pergunta, o jovem confirma que vai fazer vinte e dois naquele ano.

— Bom, na verdade, eu também fui achado pelo chefe. Alguns anos atrás, estava na pior. — Kōsuke ri de forma despreocupada.

— Você quer dizer desempregado e sem dinheiro? — pergunta Shūta enquanto come.

— Isso. Não tinha um tostão e estava prestes a assaltar aquela loja de conveniência. Mas topei por acaso com o chefe lá. Ele percebeu o que eu ia fazer e me levou à força para o escritório.

Quando chegamos, levei muita porrada. Você teve sorte. Só não apanhou por causa do gato.

Shūta tem muitas perguntas, mas não quer parecer intrometido demais, então se limita a rir, um pouco constrangido.

Não tinha opção a não ser trabalhar com afinco, pagar todo o valor do conserto o mais rápido possível e encontrar um emprego decente. O trabalho na obra acaba antes do entardecer. Ao voltar à sede, os veteranos vão direto para o escritório, enquanto os novatos descarregam os equipamentos. Como Shūta não consegue nem parar em pé, Kōsuke acabou fazendo todo o serviço praticamente sozinho.

Não fazia trabalho braçal há muito tempo. Amanhã com certeza acordaria dolorido. Quando entra trôpego no escritório, Satsuki, encarregada da contabilidade, está fazendo o pagamento dos funcionários que recebem por diária. "Ainda existe gente que trabalha nesse sistema?"

— Ei, Kagawa! Venha pegar o seu salário.

— Quê? Eu também recebo por dia?

— É, sim. Afinal, você ainda não se desligou da sua empresa, não é? Resolva tudo lá o mais rápido possível. Se você sofrer um acidente agora, vamos ter muita dor de cabeça.

— Ah, sim.

Shūta pega o envelope com a sua remuneração. No dia anterior, saíra correndo da empresa, e não havia falado com ninguém desde então. Sabe que tem que voltar o quanto antes para realizar os trâmites de desligamento, mas pensar nisso o desanima.

— A gata — diz Satsuki, ríspida.

Aos seus pés estava a caixa de transporte. Dá para ver o traseiro da gatinha pela lateral.

— Ah... Me desculpe por trazer a gata para o trabalho.

— Tudo bem. Ela não pode ficar muito tempo sozinha, né? Alguns gatos são sensíveis assim mesmo. Bê, você se comportou direitinho, né?

Quando Satsuki aproxima o rosto da caixa, a gata balança o rabo como se respondesse que sim.

— É mesmo? Ela ficou o dia todo aqui dentro?

— Claro que não. Ela estava no meio daqueles papelões até agora pouco.

Satsuki observava os papelões espalhados no chão, com marcas de mordida. Ela deve ter brincado muito. Ao lado da caixa há um saco de ração, mas não é o que Shūta trouxe da clínica.

— A senhora comprou essa ração?

— Comprei. Se o Jinnai vir a outra, vai ficar furioso de novo. É melhor você ir embora antes que ele volte.

Como o chefe estava em outra obra, Shūta não o havia encontrado desde aquela manhã. Jinnai acabaria com Shūta se descobrisse que ele ainda não tinha trocado a comida da gata.

— Desculpe — disse sem jeito.

Como ele não teve tempo para comprar outra ração, havia trazido a fornecida pela clínica. Não deveria trazer o animal para o trabalho, mas não podia deixar Bê sozinha em casa, então, só por via das dúvidas, perguntou ao casal Jinnai se seria possível levá-la. Eles reclamaram, mas acabaram deixando.

Shūta, no entanto, não podia continuar com isso. "Vou devolver a gata hoje mesmo", pensou. Estava decidido, apesar de não ter forças para levantar a caixa, de tão exausto.

— Ei, Kagawa. Tudo bem? — pergunta Satsuki, preocupada. — Você mal consegue parar em pé...

— Tu-Tudo bem. Vou pra casa antes que o chefe volte...

Os trabalhadores entram no escritório fazendo barulho, todos sujos. Jinnai está entre eles. No dia anterior, usava um terno que parecia de mafioso, mas agora veste uniforme, como os outros trabalhadores.

— Opa, ainda está aí?

"Droga, não consegui escapar", pensa Shūta, nervoso. Jinnai se agacha e abre a porta da caixa de transporte. A gata fica quietinha e deixa o sujeito pegá-la no colo.

— Oi, Bê! Comprei uma coleirinha para você — diz ele, feliz.
— Querido, você fugiu do trabalho para fazer compras? — Satsuki abre um sorriso constrangido.
— Claro que não. Fui à pet shop na hora do almoço. Pedi para fazerem uma coleira com urgência. Olhe. — Ele tira uma coleira amarela de dentro de uma sacola bonita. — Veja que gracinha! Mandei escrever o nome dela. Escolhi dourado para combinar com os olhos.

A coleira era de couro, e na placa dourada estava escrito "Bê". Um homem carrancudo de uniforme de operário vai à pet shop comprar uma coleira e pede para gravar o nome de um gato nela com urgência. Shūta nem conseguia imaginar essa cena...

— Sr. Jinnai, muito obrigado.
— Ah, você ainda está aí? — A expressão de Jinnai muda quando ele percebe a presença de Shūta. Mas, assim que olha para Bê, volta a sorrir: — E você, Bê? Já jantou? Quer comer com o tio?
— Já dei comida para ela — diz Satsuki.
— Quê? Você ficou brincando com a gatinha enquanto seu marido trabalhava duro?
— Hã? Do que você está falando? A Bê não tem nada a ver com o seu trabalho.

O casal começa um bate-boca, e a gata no meio dos dois, quieta no colo de Jinnai.

"Quero ir para casa..."

Shūta ouve a discussão dos dois enquanto sente o corpo ficar cada vez mais fraco, de tanta exaustão. O chefe comprou até uma coleira para a gata. "Será que o valor vai ser descontado do meu salário?"

Como já estava tarde e a clínica devia estar fechada, Shūta pergunta ao casal se poderia deixar a gatinha no escritório no dia seguinte também. Os dois se entreolham e Satsuki responde:

— Bom, se não tiver com quem deixar, pode trazer.
— Também não me importo — diz Jinnai.

E continuam brincando com a gata. Pelo menos Bê não ficaria sozinha.

Ele ouve um alarme tocando ao longe.

"Que estranho", pensa. Tenta se levantar, mas não consegue se mexer. Parece que o seu corpo está preso, amarrado.

Bê mia perto dos pés dele. "Ela já está acordada. Será que está com fome?"

— Hummm...

Ele consegue falar. Consegue mexer o rosto. Porém seu corpo está paralisado. Tenta se levantar várias vezes, mas em vão. Seus olhos ficam marejados.

Embora seu psicológico não estivesse bem, a saúde física de Shūta sempre esteve em dia. No entanto, desde que fora àquela clínica esquisita, sua vida parecia estar tomando rumos inusitados. Enquanto choraminga deitado de costas na cama, ouve vozes no corredor do prédio.

— Eu lavo minhas mãos. Os senhores vão se responsabilizar, certo? — Era a voz do zelador.

— Não se preocupe. O moço que mora aqui trabalha comigo — responde Jinnai.

Alguém gira a chave e a porta se abre.

— Olhe, chefe. Eu disse. Ainda está dormindo.

Jinnai e Kōsuke entram no quarto sem a menor cerimônia.

— M-Me ajude. — Shūta consegue levantar a cabeça com muita dificuldade.

Bê mia e roça o corpo delicado na perna de Jinnai, que se agacha e acaricia a cabeça dela.

— Pobrezinha. Estava presa aqui? — Jinnai estava quase indo embora levando só a gata consigo.

— E-Eu também preciso de ajuda. Não consigo me mexer — afirma Shūta com a voz debilitada.

— Quê? Não seja mimado.

— Chefe — diz Kōsuke, rindo, enquanto olha Shūta deitado na cama. — Eu bem que falei: quando trabalhei na obra pela primeira vez, no dia seguinte não conseguia me mexer, de tanta dor.

— Os jovens de hoje são uns fracotes. Pra começar, você é magro demais. Tem que ganhar mais peso. Da próxima vez, eu pago um *yakiniku* pra você.

"*Yakiniku?* Não, não quero comer carne assada. Quero parar de sentir dor", pensa Shūta.

Seu corpo treme ao tentar se levantar. E não consegue se mover.

— Ei, Kōsuke. Vou esperar no carro. Leva ele até lá — diz Jinnai e sai com a gata no colo.

Com a ajuda do colega, Shūta consegue se levantar e se trocar, mesmo com dor.

— Obrigado, Kōsuke.

— De nada. Mas você é mesmo sortudo! Quando o chefe foi me buscar no dia seguinte, fingi que não estava em casa, mas ele arrombou a porta e me levou à força até a obra. Só porque você tem um gato, o tratamento é bem diferente... Acho que vou arrumar um também.

— A gata não é minha. Eu vou cuidar dela só por um tempo.

Seria complicado demais explicar que ela havia sido prescrita por um médico.

Quando Shūta pega a caixa de transporte vazia, Kōsuke diz:

— Ah, acho que você não vai mais precisar disso aí.

— Mas não posso carregar a gata no colo pelo trajeto todo...

— Hoje de manhã bem cedinho chegou no escritório uma caixa muito bonita. Junto com uma almofada fofinha.

— Quê? — Shūta fica boquiaberto. — Eles não estão exagerando? Se gostam tanto de gato, por que não pegam um pra eles?

— Parece que já tiveram um.
— É mesmo? Será que morreu?
Shūta sai de casa com Kōsuke. Suas pernas estão tão tensas que ficam arqueadas ao andar.
— Acho que sim — responde Kōsuke.
— Então podiam arranjar outro.
Seria bem melhor terem o próprio gato do que gastar dinheiro com o dos outros. De qualquer forma, enquanto estiver com Bê, Shūta vai levá-la ao escritório. É melhor fazer isso do que ter a porta do apartamento arrombada.
— A obra de hoje vai ser bem mais pesada do que a de ontem — comenta Kōsuke, com um sorriso sarcástico.
Shūta sente um calafrio. A dor de repente parece ter ficado mais forte.

Shūta leva Bê para o escritório todos os dias na caixa de transporte comprada por Jinnai. É uma caixa bonita, resistente e bastante prática, e deve ter custado muito mais do que a pasta que Shūta usava quando trabalhava na corretora. Quando a entrega a Satsuki, as funcionárias logo se aproximam.
— Graças a essa gatinha, o trabalho ficou bem mais divertido. Sra. Satsuki, vamos cuidar da Bê aqui no escritório!
— Ela é tão boazinha e carinhosa! E o chefe fica mais bem-humorado com ela aqui. Como você é bonitinha, Bezinha!
Bê se mantinha indiferente, mesmo recebendo tanta atenção. Às vezes se roçava carinhosamente nas pessoas, mas também havia momentos em que subia na prateleira e se recusava a descer. No entanto, todos percebiam que Jinnai ficava animado quando a via.
Mas não era só o chefe que ficava feliz com a presença da gata. Apesar de não demostrar, era evidente que Satsuki também gos-

tava muito de Bê. Ela arrumou uma caminha macia onde a gata podia dormir enrolada numa manta. No entanto, Bê preferia ficar deitada sobre o papelão empilhado no canto do escritório.

— Bê, por que você não dorme na caminha em vez de ficar em cima desse papelão velho? Parece bem mais confortável lá — diz Shūta, constrangido, mas ela nem se vira, apesar de com certeza ter ouvido. Como é incrível essa capacidade que só os gatos têm de ignorar alguém sem se preocupar.

— Não adianta — afirma Satsuki enquanto preenche uma nota fiscal. — Gatos só fazem o que têm vontade.

— Mas essa caminha que a senhora comprou parece tão confortável.

— Não se preocupe. Daqui a pouco, quando ficar frio, ela não vai mais querer sair daqui.

Como o expediente ainda não começou, as funcionárias conversam por ali, todas animadas, mas Satsuki já trabalha, sentada à mesa. Ela é uma chefe séria, mas bastante esforçada.

Faz uma semana que Shūta foi contratado. No terceiro dia, as dores musculares passaram, mas ele sempre termina o expediente exausto. Como o pagamento diário era alto, não demoraria muito para quitar a dívida do conserto do carro. Contudo, Bê fora prescrita por apenas dez dias; quando o inverno chegar, Shūta já terá devolvido a gata para a clínica. Ele pensa no quanto o casal Jinnai se apegou a ela.

— A senhora já teve gatos, sra. Satsuki?

— Tive um, mas ele morreu cinco anos atrás. Ele tinha dezenove anos, até que viveu bastante. Incrível, não?

"Dezenove anos? Não sabia que gatos viviam tanto assim. Deve ter recebido muito carinho."

— Não pensam em ter outro? — pergunta Shūta.

É uma dúvida natural, já que o casal gosta tanto de gatos.

— Mas o nosso morreu — responde Satsuki, sem tirar os olhos da nota fiscal.

O tom de voz e a expressão dela não mudaram, mas Shūta sentiu que Satsuki não queria tocar no assunto. Kōsuke e os outros funcionários chegam. Shūta é alocado outra vez para carregar carga, e no final do dia está completamente esgotado.

Já se passaram dez dias desde que ele saiu correndo da corretora.

Yuina Sakashita tinha entrado em contato dizendo que queria conversar, e os dois marcaram de se encontrar no café perto da estação. Shūta deixou a caixa de transporte no chão, perto dos seus pés.

— Eu? Internado?

— Sim, foi o que disseram. — Yuina não tirou os olhos da caixa depois que notou a gatinha lá dentro. — Emoto comunicou pessoalmente o setor de RH que você estava internado com problemas gástricos. Quem me contou foi uma amiga que trabalha lá.

— Então não fui desligado ainda... — Shūta não entende o que está acontecendo. Achava estranho a empresa ainda não ter entrado em contato, e essa notícia só o deixa mais confuso. — Pela reação do Emoto, achei que eu tinha sido desligado naquele mesmo dia.

— Mas o gerente não pode demitir um funcionário por conta própria. A empresa tem muitos problemas, mas não fariam isso. Os funcionários também têm direitos.

— É, devem ter... — diz Shūta.

Para quem era chamado de incompetente quase todos os dias, direitos pareciam uma realidade distante. Além disso, se ainda não fora desligado, isso significa que ele havia faltado todo esse tempo sem avisar. Era natural que fosse mandado embora.

— Não sei por que Emoto mentiu, mas acho que ele espera que eu peça demissão. Então vou fazer isso...

— É melhor não se precipitar — aconselha Yuina.

Em reação ao olhar sério dela, o coração de Shūta dispara.

— Dei uma pesquisada. — Yuina toma o café devagar, com uma expressão melancólica, e suspira. — No histórico, não havia nenhum registro de emissão de recibos dos clientes daquela lista, eles não passaram pelos procedimentos devidos. O meu chefe percebeu o que eu estava fazendo e foi questionar pessoalmente Emoto. Ele negou tudo, disse que não passava de um mal-entendido e arrancou a lista da mão do meu chefe.

— Ah, por isso ele estava com a lista.

— Só que eu fiz uma cópia. Esse caso está sendo investigado pelas instâncias superiores. Mas se um funcionário de uma empresa que lida com dinheiro emite recibos por conta própria, só pode significar uma coisa, né? — Yuina olha para Shūta.

Shūta sabe o que ela queria dizer. Na verdade, sabe desde o início.

— Fraude? — Sua voz soou sombria.

— Provavelmente. Por isso é melhor não se precipitar. Se alguém tem que sair, não é você.

Era um problema tão grave que não parecia real.

— Vai levar o gato ao veterinário? — pergunta Yuina, olhando para a caixa.

— Hã? Ah, não... — responde ele. A pergunta pegou Shūta de surpresa e o lembrou que ainda precisava lidar com outro problema. — Quer dizer, sim, vou ao veterinário. Acho que não é nada, é só por precaução.

— Quantos anos ele tem? E qual é o nome dele?

— É fêmea. Ela se chama Bê. Tem oito anos.

— Bê. Que nome bonitinho! Bê! Bê! — chamou Yuina, mas a gata nem ligou.

Shūta agradece à colega e se dirige à Clínica Kokoro. A fachada continua sombria. O peso da caixa recai sobre o seu coração.

— Ei, Bê — diz Shūta na entrada do prédio. — Você gosta daquele escritório? Todos te tratam bem, né?

Bê continua sem demonstrar reações. A diferença de comportamento ficava nítida quando ela era carinhosa. De manhã, quando acordava, a gata se esfregava nas pernas de Shūta pedindo comida. Ele estendia a mão, e ela se aproximava para receber o carinho. A cabeça dela cabia certinho na palma da mão dele e se afundava entre os dedos. Ao segurá-la com um pouco mais de força, dava para sentir sua maciez. Nessas horas, Bê também fechava os olhos, até parecia sorrir, e Shūta sorria também.

Todas as manhãs ele sorria um pouquinho. Passou muito tempo sem conseguir fazer esse gesto simples, mas graças a Bê tinha voltado a sorrir.

Ao entrar na clínica, ele vê a enfermeira antipática sentada na recepção. Antes que possa dizer algo, ela levanta os olhos.

— Olá, sr. Kagawa. Pode entrar. O doutor está esperando.

O médico o aguardava na sala pequena.

— Olá, sr. Kagawa. Está com uma cara boa hoje — diz ele, rindo.

Shūta fica encabulado. Sua mudança era tão nítida que até o médico havia percebido? Não recebera nenhum tipo de tratamento, mas, por causa do trabalho braçal que realizava na obra, agora consegue dormir bem à noite, voltou a ter apetite e até ganhou peso.

Dr. Nike digita algo no teclado e balança a cabeça.

— O senhor se recuperou bem. Já pode devolver a gata. O paciente com hora marcada vai chegar daqui a pouco.

— Espere um pouco.

— Tem mais alguma coisa?

Shūta fica aflito ao perceber que ainda não sabe o que dizer. A caixa de transporte continua em seu colo.

— Ah... Será que eu poderia ficar com a gata por mais alguns dias?

— Hummm. Mas o senhor já se recuperou, acho que não precisa mais das doses de gato.

— Bem... — Shūta pensa em Jinnai e Satsuki. Os dois olhavam para Bê com muito carinho. — Sim, o senhor tem razão, estou melhor. É que o meu novo trabalho... O ambiente não é tão ruim assim, mas não é um trabalho de longo prazo. Prefiro trabalhar numa empresa maior, mais estável... Por isso, se possível, queria continuar com a gata por mais um tempo.

— Mas o lugar onde trabalhava era estável, não era? — pergunta o médico em tom alegre. — Foi isso o que o senhor disse, certo? Que trabalhava numa grande corretora, que tinha até anúncios na TV. Era uma empresa estável, não?

Ao ver o sorriso do médico, Shūta fica atordoado.

Depois de muita reflexão, havia voltado para o mesmo lugar. Não via nenhuma saída.

— Quer um trabalho de longo prazo? — pergunta o médico com um sorriso constrangido ao ver Shūta atônito. — Bom, acho que não tem problema. O senhor não manifestou nenhum efeito colateral, então pode prosseguir com a gata. Mas só posso prescrever por mais cinco dias. O abrigo de animais já marcou a data em que ela será sacrificada.

— Sa... sacrificada?

— Sim. Ela foi acolhida pelo abrigo, mas eles estabelecem um prazo para adoção. Caso ninguém tenha interesse, ela será submetida à eutanásia.

Shūta fica sem reação.

— Ela ficou presa por dias depois que a dona idosa faleceu, até que um vizinho chamou a polícia. Tinha mais dois irmãos, e eram chamados de A, Bê e Cê. Engraçado, né? — conta o médico, abrindo um sorriso carinhoso.

"Bê. Que nome bonitinho! Bê! Bê!"

Satsuki e as funcionárias do escritório sorriem quando a veem e sempre a elogiam. Todos a tratam com muito carinho.

Shūta olha para a caixa de transporte e sente um aperto no coração.

— Mas ela não é um animal de suporte emocional? A clínica não pode adotá-la? Precisa mesmo devolvê-la ao abrigo de animais? Graças a ela, eu estou bem melhor.

— Não somos um abrigo. Os gatos que cumprem o seu papel são devolvidos ao lugar a que pertencem — explica o médico com calma.

Ele sorri de um jeito descontraído, parecendo não estar nem um pouco preocupado com a situação.

Shūta, por sua vez, se sente muito abalado.

— Então... não tem alternativa? Não pode procurar alguém que queira ficar com ela? Ou perguntar aos pacientes que já cuidaram dela... Ou entregá-la para adoção? Vocês podem procurar na internet. A Bê é tão bonitinha...

Shūta foi pego de surpresa, está desnorteado. Sabe que não tem o direito de criticar a clínica e que suas ideias são rasas; ele é ignorante no assunto. Mesmo assim, não conseguiu conter a raiva pelo médico, que mantinha a calma.

— Se procurarmos, com certeza encontraremos alguém. Temos que procurar — afirma ele, olhando para a caixa em seu colo.

— Sim, se procurarmos, com certeza vamos encontrar alguém.

— É! — exclama Shūta, empolgado. Ao levantar os olhos, o médico continua sorrindo.

— A questão é que ela não é a única que precisa de um lar. Tanto as pet shops quantos os abrigos estão desesperados procurando pessoas para adotar os bichos. Os abrigos estão no limite, muitos animais não têm para onde ir. Mas o que as pessoas não entendem é que não importa de onde elas vêm ou o que fazem, e sim a conexão com o animal.

Conexão? Shūta não tem certeza se entendeu, mas se essa é a solução, ele está disposto a aprender.

— E como se cria essa conexão?

— O senhor nos procurou porque queria uma resposta, não é? Não faça essa cara de choro. Não se preocupe, com mais cinco dias de doses de gato, vai se curar. Só mais cinco dias. E use até o fim, pois não vai ter mais.

Mais cinco dias. E estará tudo acabado.

Shūta não consegue aceitar a realidade cruel que aguarda a gatinha. Por que vão tirar a vida dela?

— E os irmãos dela? Estão aqui também? — pergunta ele, tremendo.

Atrás do médico há uma cortina, de onde a enfermeira Chitose sempre saía trazendo a caixa de transporte. Não dava para ver o que tinha por trás.

— Os irmãos morreram logo depois que foram para o abrigo. Estavam muito fracos. É assim mesmo.

Shūta sai do consultório sentindo sobre si o olhar do médico. A enfermeira Chitose nem levanta o rosto quando ele passa pela recepção.

— Melhoras — diz ela num tom frio e seco.

Lembra uma gata que não se acostuma com ninguém.

Dias se passaram e Shūta ainda não sabia o que fazer. Ele levou Bê todos os dias para o trabalho. A cada dia, um novo acessório que não tinha nenhuma utilidade para os funcionários surgia no escritório: caneta laser, almofada elétrica em formato de peixe que se move... Sempre que os encontrava, Shūta sentia um embrulho no estômago. Já tinham se passado quatro dias desde a última consulta. No dia seguinte, precisaria devolver a gata.

Seria o médico realmente capaz de entregá-la ao abrigo sabendo o destino que lhe aguardava? Tanto o doutor quanto a enfermeira tinham uma aura de mistério, mas não pareciam pessoas insensíveis.

— Ei, você aí! — grita alguém, assustando-o. Era um senhor idoso, o funcionário mais velho da empresa, bronzeado, carregando um saco de areia. Ele olha para Shūta com uma cara feia. — Você que é jovem, vai fazer um velho como eu carregar peso? Se mexa, moleque!

— Desculpe. — Shūta sai correndo para ajudá-lo.

Sempre levava bronca quando se distraía. Já tinha se acostumado com o trabalho, mas nesse dia foi repreendido várias vezes porque estava muito distraído. Levou até um tapa na cabeça.

— Não liga, não. Os velhos têm pavio curto. — Kōsuke tenta consolá-lo quando estão na van voltando da obra.

— Obrigado. O trabalho na obra é muito mais duro para eles, né?

— É, não tem jeito. É duro, mas em compensação não precisa pensar. Basta ter um corpo saudável. O chefe Jinnai, apesar de não parecer, tem um coração mole. Por isso não manda embora nem mesmo os velhinhos. Você também podia continuar trabalhando com a gente aqui, Kagawa. Até a sua aparência está melhor.

Kōsuke abre um sorriso simpático e estende o braço para comparar com o dele. O seu braço ainda é mais escuro, mas o de Shūta, antes pálido, está bronzeado.

"Continuar aqui?", imagina Shūta. Nunca tinha pensado nessa possibilidade.

— É, não quer ficar, né? — Kōsuke ri, sem graça. — Afinal, você tem diploma. Não quer continuar numa empresa medíocre como a nossa, né?

Quando eles chegam ao escritório, as funcionárias estão ao redor de Satsuki, observando Bê enrolada no colo dela.

— Que bom que a Bê fica quietinha no seu colo, sra. Satsuki. Queria que ela ficasse no meu...

— Está dormindo tão gostoso. Que bonitinha!

— Vocês falam isso porque não estão sentindo o peso. As minhas pernas estão dormentes. Não posso nem me mexer. Bezinha, não quer ir para lá só um pouquinho? — diz Satsuki.

No entanto, pela sua fisionomia, ela parece feliz com a gata no colo. Apesar de estar acostumada com Shūta, Bê nunca subiu no colo dele. Ele sente uma pontada de ciúme.

Eles ouvem o motor de um veículo. Outra equipe estava voltando à sede.

— Ei, Bezinha, o que está fazendo aí? — grita Jinnai ao entrar. — Está ajudando a tia?

Bê levanta as orelhas e arregala os olhos, assustada, mas não sai do colo de Satsuki.

— Como é esperta. Você é mesmo bonitinha, muito bonitinha! — Jinnai se agacha sorrindo.

Ao ouvir o chefe falar desse jeito, Kōsuke não se contém e solta uma risada.

— Ei, o que vocês estão fazendo? — A fisionomia de Jinnai muda imediatamente. — Sabem que têm que lavar tudo assim que chegam da obra, não sabem?

— Tá bom.

Kōsuke sai a passos largos. Shūta segue o colega, pois sabe que, se ficar, será repreendido também.

No estacionamento, eles usam a mangueira para jogar água nos pneus das escavadeiras e dos caminhões pequenos.

— Você é mesmo bonitinha, muito bonitinha! — diz Kōsuke, imitando a voz de Jinnai.

— Para, Kōsuke! — pede Shūta, mal conseguindo segurar a risada.

— Como ele consegue? — Kōsuke sorri com deboche. — Dizer isso com aquela cara? Não dá... E ainda perguntou se a gata estava ajudando a dona Satsuki. Claro que não! Estava era dormindo no colo dela...

Eles não podem rir, senão todos no escritório os ouvirão. Mas os dois não aguentam e começam a gargalhar ao mesmo tempo. Riem alto, com as mãos na barriga. Mesmo ouvindo os berros de Jinnai vindos do escritório, eles não conseguem se conter.

Fazia quanto tempo que Shūta não ria tão alto? Alguns meses? Alguns anos?

Quando sai do escritório junto com os outros funcionários, a rua já está escura. A noite de Quioto não é muito movimentada, com exceção das grandes avenidas lotadas de carros e pessoas.

Enquanto caminha, Shūta olha para a caixa de transporte.

— Não se preocupe, Bê. Você pode ficar lá em casa pelo tempo que quiser.

Talvez por ter gargalhado tanto, seu corpo está quente e Shūta se sente animado. Por que não pensou nisso antes? Ele pode adotar Bê. Tem todo o necessário para isso.

Ele pensa na sensação de quando acaricia a cabeça de Bê. O médico pode dizer o que for, não vai mudar de ideia.

Será que era isso que significava conexão? Shūta se divertia com Bê. Sentia-se reconfortado quando a via, sempre tão bonitinha. Eles ainda podem ser muito felizes juntos.

Quando vira uma esquina, para de súbito em frente ao prédio onde mora.

Ele vê alguém parado sob a luz do poste: Emoto, esboçando um meio sorriso.

— Sr. Emoto...

— Ei, Kagawa. Você parece ótimo — diz ele, ainda sorrindo, mas sem demonstrar qualquer emoção. Shūta fica nervoso e não consegue se mexer. — Estava preocupado. — Ele se aproxima e coloca a mão no ombro de Shūta. — Você saiu correndo de repente. Mas está tudo bem. Eu vou dar um jeito. — Emoto solta uma risada falsa. Ele olha ao redor e sussurra: — Acho que houve um mal-entendido, Kagawa. Vou contar a verdade. Foi Kijima. Foi ele que tentou enganar os meus clientes.

— Esse caso já não é...

— Não, me escute. Estranhei Kijima sumir de repente. Descobri que ele estava pegando dinheiro diretamente dos clientes idosos, dizendo que tinha um bom plano de investimento. Tudo pelas nossas costas, é lógico. Ele conseguiu me enganar também. Tenho uma parcela de culpa, já que tentei ajudá-lo a aumentar as vendas e pedi para ele visitar os meus clientes.

— Olha... — Shūta se lembra das palavras de Kijima: "Visitei uma senhora simpática que fica feliz quando me vê." Ao ouvir as justificativas e mentiras descaradas de Emoto, sente um aperto no coração. Antes ele o odiava, agora sente pena dele. — Não tem nada que eu possa fazer. Estou pensando em sair da empresa...

— Mas por quê, Kagawa? Nós dois somos vítimas. Foi o Kijima! Kijima é o culpado de tudo! Ele fez tudo por conta própria! Explique isso à diretoria, Kagawa. — A voz de Emoto vai ficando cada vez mais alta. Ele pressiona Shūta na parede do prédio.

— Sr. Emoto, acalme-se, por favor.

— Me acalmar?! Que bom que para você tudo é fácil. É só pedir as contas. No meu caso, a minha vida está em risco! — As palavras de Emoto soam mais desesperadas do que as ameaças rotineiras.

Bê mia dentro da caixa de transporte e começa a se agitar muito, soltando miados que parecem gritos. Parece estar com medo. Shūta segura firme a caixa em seus braços.

— Bê, fique quieta.

— Ei, estou pedindo, Kagawa. Eu tenho família para sustentar. Não sei o que fazer se me processarem. Confirme a minha versão para a empresa, só para eu ganhar um pouco mais de tempo e conseguir devolver o dinheiro aos clientes. — Emoto junta as mãos em prece.

— Talvez se você confessar tudo, falar a verdade, a empresa o perdoe. Eu também posso contar tudo o que sei — diz Shūta, enquanto tenta conter a caixa com a gata inquieta.

— Confessar? Quem você pensa que é? — Emoto começa a se exaltar, mas de repente se acalma e esboça um sorriso.

— Sr. Emoto...

— Não, talvez você tenha razão... — A voz de Emoto soa tranquila, contrastando com o miado estridente de Bê, que se assemelha ao som de metal sendo arranhado. — Tem um gato aí? É seu? — Emoto dirige o olhar sombrio para a caixa.

— Bem, sim...

Shūta prende a respiração e segura a caixa com mais força. Bê não para de miar.

— Então você mora aqui, Kagawa? — Emoto olha para o prédio com um sorriso malicioso. — Normalmente é proibido ter bichos nesses apartamentos, né? Está criando um gato sem permissão? É errado o que está fazendo, né?

Shūta fica sem reação.

— Amanhã de manhã vou ligar para a administradora do prédio — diz Emoto, com ar vitorioso. — Você também deveria confessar tudo, falar a verdade. Você me acha um mau-caráter? Pegar dinheiro dos outros não pode, mas criar um gato sem permissão pode? Você também está fazendo coisa errada. Pare de bancar o certinho. — Emoto parece desesperado, rindo, porém com cara de choro.

Shūta sai correndo segurando a caixa. A risada de Emoto se distancia gradualmente, até cessar.

Ao ver a luz do escritório acesa, Shūta se sente aliviado. Entra correndo e vê Jinnai e Satsuki.

— O que foi, Kagawa? — pergunta Satsuki, com cara de assustada.

— Ah... a gata... — Ele estava ofegante de tanto correr. Desaba no chão e estende a caixa de transporte.

— O que aconteceu? — Satsuki pega a caixa com um olhar desconfiado. — Você está encharcado de suor.

— Por favor... Fique com a Bê... Adote ela, por favor — implora ele, ofegante. Ao espiar pela janelinha da caixa, seus olhos marejados encontram os olhos dourados de Bê.

Jinnai se levanta e fita Shūta com uma expressão severa.

— O que está acontecendo?

— A Bê não é minha. Ela pertence a um abrigo de animais. Amanhã é o prazo final para a adoção, e, se ninguém a adotar, ela será sacrificada.

— Sa-Sacrificada? Mas por quê?! — A voz de Satsuki falha. Jinnai fica em silêncio.

— Eu já tinha decidido ficar com a Bê. Achei que seria melhor. Mas o meu chefe... Se a administradora do meu prédio ficar sabendo, não vou poder mais ficar com ela. Então os senhores não poderiam ficar com ela? Os senhores gostam de gatos, e a Bê já está acostumada com os dois. Por favor! — implora Shūta, encostando a testa no chão.

Quando levanta o rosto, Jinnai está com os lábios cerrados. Satsuki observa o marido aflita.

— Querido...

— Não, não podemos ficar com a gata — diz Jinnai, num tom grave e amargo.

— Mas por quê? — Shūta sente o corpo tremer.

— Prometemos que nunca mais teríamos um gato. Quando o nosso morreu, fizemos essa promessa. Não podemos quebrá-la, aconteça o que acontecer.

— Chefe... — Shūta fica desolado.

Jinnai se agacha na frente dele, erguendo um dos joelhos.

— Você disse que decidiu ficar com a Bê, não disse? — Ele o encara com um olhar severo.

— S-Sim. Mas...

— Então tem que cuidar dela até o fim, com responsabilidade. Se não tem condições de cuidar dela agora, se esforce até conseguir. Você pode tentar outras coisas antes de pedir para nós. Não acha?

"Cuidar dela até o fim."

Shūta olha para Bê e fecha a mão inconscientemente. Sente como se estivesse tocando a gata. A palma de sua mão havia sido tomada pela sensação de maciez e quentura dos pelos de Bê. É um sentimento que faz parte dele agora. Assim como o gato de Jinnai e Satsuki continua vivo no coração deles, a sensação de maciez de Bê sempre o traz de volta à vida.

Bê está bem na sua frente. Os olhos dourados que o fitam da janelinha não demonstram preocupação. No fim das contas, a questão não é se ele se diverte com a gata ou se ela é bonitinha. Shūta pode ser despejado do apartamento, seu trabalho é instável e ele não tem poupança. No entanto, pode dar um jeito de garantir uma vida tranquila e segura para Bê.

— Chefe! — Shūta baixa a cabeça mais uma vez até encostar a testa no chão, movido por uma emoção que brota repentinamente dentro de si. — Por favor, me deixe continuar trabalhando aqui! Me deixe ficar mesmo depois de quitar a dívida! Amanhã mesmo vou me mudar. Vou procurar um apartamento que permita gatos e vou ficar com a Bê. Por isso, poderiam tomar conta dela aqui no escritório enquanto eu trabalho? Vou trabalhar com mais afinco ainda! — Ele pressiona a testa no chão. Vai insistir até convencê-los.

— Hum. — Jinnai funga. — Você tem que se mudar.

Shūta levanta o rosto

— Sim. Amanhã mesmo vou procurar um apartamento.

— Não seja idiota. Acha que é fácil achar um apartamento? Vou falar com a imobiliária de um conhecido. Pode morar no andar de cima daqui do escritório até encontrar um lugar. Traga só o necessário. Eu cuido da Bê por enquanto. Né, Bê? Vamos dormir com o titio hoje, tá?

Jinnai pega a caixa de transporte, senta no sofá de couro e joga os pés sobre a mesa. Seu jeito é grosseiro, mas seu rosto transparece amor.

Shūta fica um pouco confuso no início, mas depois se permite experimentar a sensação de finalmente ter criado raízes em um lugar.

— Então está decidido, Kagawa — diz Satsuki, com um sorriso sem graça. — Resolva logo a questão com a outra empresa. E trate de achar um novo apartamento, senão aquele ali não vai querer sair para trabalhar.

— Está bem — concorda Shūta, contendo o riso.

Seria o destino? Até pouco tempo atrás, ele estava dando voltas a esmo nas ruas de Nakagyō até parar nesse lugar.

Ele ficaria ocupado. Tinha muitas coisas a fazer: procurar um apartamento novo, realizar os trâmites de desligamento da outra empresa, ser admitido oficialmente na empresa de construção. Mas a primeira coisa a fazer é voltar à clínica e pedir para ficar com Bê. O que será que aquele médico esquisito vai dizer?

Quando ele comunica sua decisão de sair da empresa, Yuina Sakashita logo responde:

— Emoto não está vindo trabalhar. Recebeu uma suspensão disciplinar até sair o resultado da investigação.

Os dois caminham pela avenida Tominokōji e seguem para o sul. Shūta foi ao seu antigo trabalho bem cedo pedir demissão. Quando falou que iria à Clínica Kokoro, Yuina quis acompanhá-lo e pediu para sair mais cedo do trabalho.

— Suspensão disciplinar? Espero que ele conte a verdade.

Shūta segura com firmeza a caixa de transporte. Bê está se comportando direitinho.

— Você acabou sendo o mais afetado, né, Kagawa? Mas não precisava pedir demissão...

— Bom, eu iria sair mais cedo ou mais tarde.

— É, o ambiente na empresa é tóxico — diz Yuina. — Mas vou fazer o possível para torná-lo melhor. Gosto do meu trabalho, então, em vez de ficar só reclamando, vou agir. Se me esforçar, sei que as coisas vão mudar.

— É, as coisas sempre podem mudar.

Shūta ri. No início, ele tinha uma ideia preconcebida da empresa de Jinnai, achava que toda firma de construção tinha um ambiente péssimo. Mas, depois que começou a trabalhar lá, percebeu que não era tão ruim assim e que estava até gostando do serviço.

— Ei, onde fica essa tal clínica? — Yuina parou de andar depois de passarem por vários cruzamentos. — Acho que estamos dando voltas no mesmo lugar.

Shūta ia na frente demonstrando confiança, mas tudo indicava que estavam perdidos.

— Em que bairro estamos? — pergunta Yuina.

— Bom, não sei o nome. Só me falaram: "Quioto, distrito de Nakagyō, avenida Fuyachō, subir, avenida Rokkaku, virar a oeste, avenida Tomikōji, descer, avenida Takoyakushi, virar a leste." Bem confuso, né?

— Quê? Se seguirmos essa orientação, só vamos ficar dando voltas!

— É, tem razão...

Mesmo depois de andar em círculos por muito tempo, ele acha o beco escuro das outras vezes. No entanto, agora não acha nem o beco nem o prédio, não importa quantas voltas eles deem. Quando os dois param no meio da avenida, Bê mia dentro da caixa. Parece desconfortável lá dentro.

— Será que ela está com fome? — Yuina olha para a avenida por onde tinham vindo. — Está difícil achar essa clínica, né?
— Pois é.
Não foi nem sonho nem ilusão. O peso da gata que ele carrega nas mãos é real. No entanto, Shūta não consegue achar o lugar de jeito nenhum. Depois que você se perde nas ruas confusas de Quioto, só o tempo dirá se você chegará ao seu destino.
Shūta olha para Yuina, que ri inclinando a cabeça. Ele ri também. Então os dois simplesmente seguem reto, sem olhar para trás.

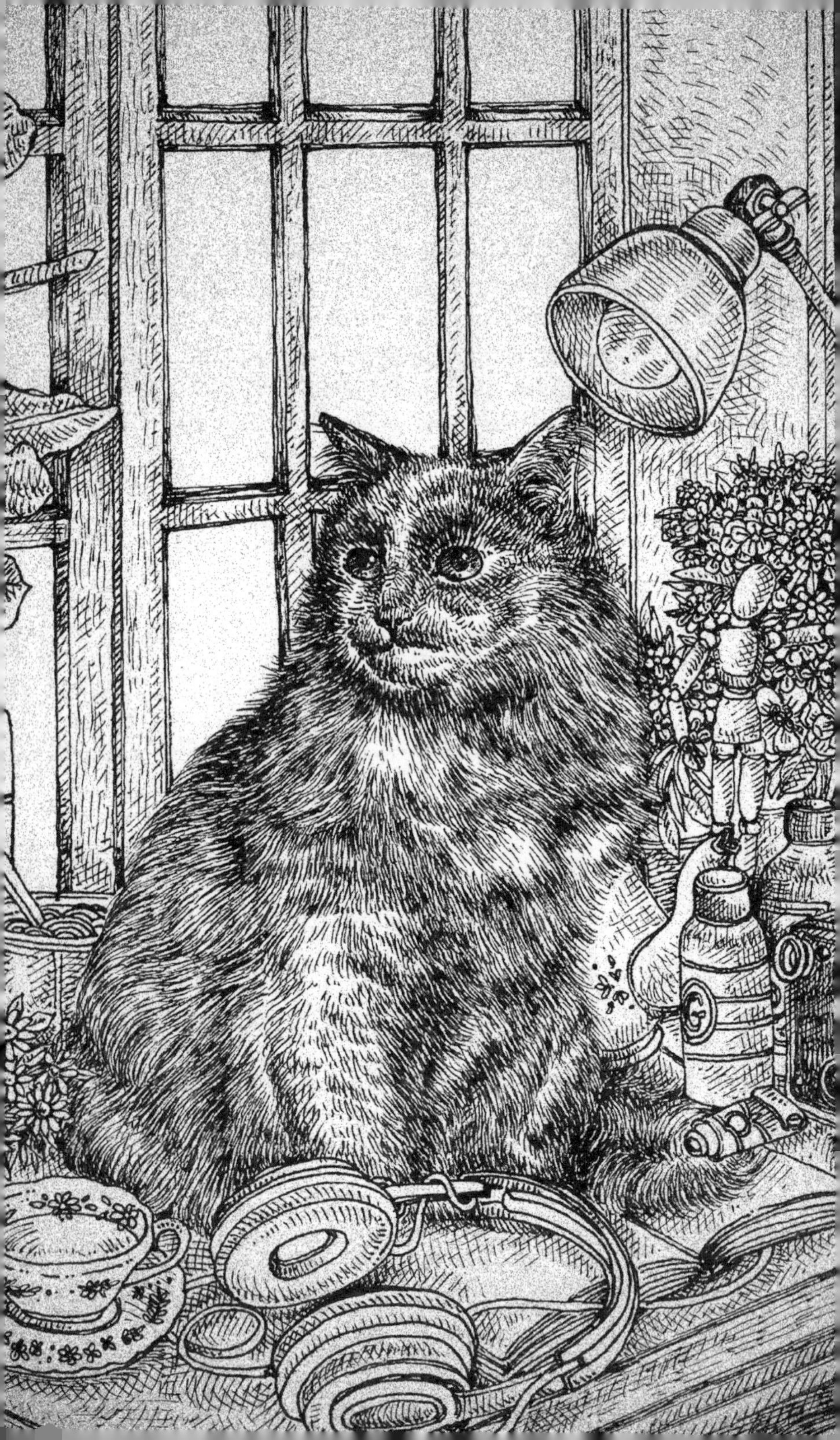

CAPÍTULO DOIS

O prédio fica no fim de um beco úmido sem saída.

— Que lugar horrível — murmura Koga, mal-humorado.

O beco é ladeado por edifícios velhos. Da avenida, parece um simples vão.

O prédio tem um ar sombrio. O céu está límpido, mas o sol não bate ali no chão. "Esse lugar é tão deprimente quanto eu", pondera Koga.

Ao espiar o interior, vê um longo corredor escuro e silencioso.

— Como eu vim parar aqui?

Ele entra resmungando e sobe a escada no fim do corredor. Segundo andar, terceiro andar... Vai ficando cada vez mais ofegante.

— Para que... eu preciso... vir a uma clínica... psiquiátrica? Que droga.

Quando enfim chega ao quinto andar, já está extremamente irritado e sem ar, e com os óculos de lente grossa embaçados por conta da respiração entrecortada.

— E que endereço esquisito é esse? É muito confuso...

"Quioto, distrito de Nakagyō, avenida Fuyachō, subir, avenida Rokkaku, virar a oeste, avenida Tomikōji, descer, avenida Takoyakushi, virar a leste."

Os moradores da cidade costumam indicar as direções — leste, oeste, norte ou sul — para facilitar a localização em Quioto. No entanto, esse endereço não faz o menor sentido. A pessoa que o repassou não deve conhecer direito a cidade. Ele ouviu sem querer alguém comentando que a Clínica Kokoro era muito boa. Desde o começo não queria ir. Mesmo diante da porta, ainda hesitou em entrar.

"Vou desistir... Não! Me esforcei muito para vir até aqui. Vou falar com o médico, mesmo que seja só por desencargo de consciência."

Koga tem mais de cinquenta anos e se recusava a se consultar com um psiquiatra. Não conseguia nem reunir coragem para abrir a porta.

"Vou para casa... Não! Pedi para sair mais cedo do trabalho só para vir aqui..."

Enquanto decide se entra ou não, um homem aparece na extremidade do corredor e vem caminhando na sua direção. Ele para diante da porta ao lado e alcança a maçaneta. Ele se movimenta devagar e encara Koga com desconfiança.

"Está suspeitando de mim", pensa Koga, então empurra a porta da clínica. Apesar de parecer velha e pesada, ela é surpreendentemente leve, e o interior do lugar, mais limpo do que imaginava. Não há ninguém na pequena recepção. Entrou por impulso, mas não tinha coragem de chamar alguém. "Será que vou embora?" Ele está indeciso, até que ouve passos, e uma enfermeira que parece ter pouco mais de vinte e cinco anos aparece.

— O senhor é paciente? Pode entrar, por favor.

— Ah, não... Eu não...

— Pode entrar. — Ela aponta para os fundos da clínica, sem nem ao menos olhar para ele.

Ele entra e vê um pequeno sofá nos fundos. Quando vai se sentar, a enfermeira diz, num tom ríspido:

— Esse lugar é para o paciente com hora marcada. O doutor está lá dentro, pode entrar.

O sotaque de Quioto pareceu sutil de primeira, mas é um pouco carregado. "Que mulher chata", pensa Koga, um tanto irritado. Ela o lembra da causa de todos os seus problemas. Ele a encara de um jeito mal-humorado, mas ela nem sequer o olha.

Emburrado, Koga entra no consultório pequeno, com apenas uma mesa, um computador, duas cadeiras e uma cortina nos fundos. "Como eles conseguem manter uma clínica funcionando num lugar tão simples?", se questiona ele. Quando o médico de jaleco branco abre a cortina, suas dúvidas só aumentam.

Ele é magro e aparenta ter uns trinta anos. É muito mais novo do que Koga e tem feições delicadas — provavelmente faz o tipo de sua filha, Emiri. Será que é possível alguém tão jovem ser um bom psiquiatra? Koga se lembra das críticas da esposa — "você está ficando barrigudo", "está ficando com 'cheiro de velho'" — e de repente se sente incomodado.

— Olá, é a sua primeira consulta aqui, certo? — pergunta o médico. Ele fala como se tivesse anos de experiência.

— Sim.

— A propósito, como ficou sabendo da nossa clínica?

— Foi... por meio de um conhecido de um conhecido... — gagueja Koga.

Não lembra mesmo quem falou dessa clínica. Quando escutou sem querer alguém comentando sobre ela, parou para prestar atenção e descobrir o nome.

— É mesmo? — O médico sorri. — E agora? O que faremos? De vez em quando aparecem pessoas como o senhor, sem agendamento, que dizem ter ouvido de alguém sobre este lugar. Mas, como pode perceber, somos só eu e a enfermeira aqui. Não aceitamos novos pacientes.

— Como assim? — Koga estava hesitante, mas, ao descobrir que não seria atendido, fica aflito de repente. — Pedi para sair mais cedo do trabalho só para vir aqui. O senhor é psiquiatra, não? Estou com um problema. Não pode mesmo me atender?

— Psiquiatra? — O médico inclina a cabeça e começa a gargalhar. — Soa bem melhor!

Koga observa atônito enquanto o outro ri.

— Bom — diz o médico, sorrindo. — Já que teve o trabalho de vir até aqui, vou abrir uma exceção. Poderia me falar seu nome e sua idade, por favor?

— Sim, bom... Meu nome é Yūsaku Koga, vou fazer cinquenta e dois anos no mês que vem.

— O que você está sentindo?

"Agora resolveu me atender?" Koga fica inconformado. "Não adianta nada contar os meus problemas, ninguém me entende. Nem o médico, nem a minha família, nem os meus colegas."

Ele fecha os punhos com força sobre o colo e baixa o olhar.

— Ando tendo problemas no trabalho — começa a falar. — Três meses atrás, uma mulher foi transferida para o nosso setor, por causa daquela tal iniciativa não sei o que de promoção das mulheres, ou algo assim, então agora ela é minha chefe. Ela é... como posso dizer... muito fútil. Não suporto ela. E é tudo culpa dessa mulher, Hinako Nakajima. Ela tem quarenta e cinco anos, uma mulher dessa idade não deveria ser fútil daquele jeito. No entanto, se comporta de uma forma muito leviana. É solteira, usa roupas justas demais, fala alto e é exagerada em tudo. E está sempre rindo.

Só de lembrar da risada dela, ele sente náuseas.

— Trabalho numa central de atendimento que presta serviços para outras empresas. Sou um dos únicos funcionários homens, por isso sempre me senti excluído, mas não me importava. Minha função é ouvir as queixas dos funcionários, atender os clientes mais exigentes, e acho que até agora venho fazendo um bom trabalho. Mas desde que aquela mulher foi transferida, o ambiente de trabalho não é mais o mesmo... Não sei por quê, a voz dela não sai dos meus ouvidos.

A central de atendimento fica numa sala espaçosa e aberta, e os funcionários conversam diretamente com os clientes. Como recebem muitas ligações, o estresse é muito grande.

Koga é gerente de departamento. Está na mesma empresa há quinze anos, mas nunca conseguiu um cargo mais alto. De vez em quando, leva bronca dos clientes, mas sempre pede desculpa e não discute com os outros funcionários. O trabalho, apesar de não ser tão empolgante, é tranquilo. O diretor da central, um homem ainda mais frustrado do que Koga, vai se aposentar no próximo ano. Todos achavam que Koga seria o sucessor. No entanto...

Foi decidido de súbito que Hinako Nakajima seria transferida de Tóquio para Quioto. Criaram uma nova posição especialmente para ela: vice-diretora da central de atendimento. Então, de repente, Koga passou a ter uma mulher como chefe.

"Que legal, que legal, que legal!"

Ele cerra com mais força os punhos sobre o colo.

— A voz daquela mulher não sai da minha cabeça. Principalmente à noite. Quando tento dormir, fico ouvindo a voz dela dizendo "que legal, que legal!", como se fosse um feitiço.

Koga abre as mãos e levanta o rosto. Enquanto conta tudo isso, sério, o jovem médico olha distraído para o lado e cutuca o nariz.

— Doutor, está olhando para onde? Ouviu o que eu disse?

— Hã? Ah, claro. — Ele abre um sorriso despreocupado. — Entendi. Trabalha numa central de atendimento, né? Parece bem estressante. Então, qual é o seu problema?

— Eu já falei! — exclama Koga, irritado. — Não consigo dormir! A voz daquela mulher aparece até nos meus sonhos, faz algumas semanas que mal prego os olhos! E como não consigo dormir, fico distraído no trabalho. Se continuar assim, vou enlouquecer!

Ofegante de tanto gritar, Koga sente o rosto ficar corado. O médico, no entanto, se mantém indiferente.

— Entendi. É muito difícil não conseguir dormir à noite. — O médico se vira para a mesa e digita algo. — Vou te receitar um gato. Vamos observar os efeitos. Ah, o senhor está com sorte! Acabamos de receber de volta um gato bastante eficaz. — Ele gira a cadeira e grita: — Sra. Chitose, poderia trazer o gato, por favor?

— Aqui está. — A enfermeira da recepção entra carregando um gato preto com manchas marrom-claras e uma caixa de transporte.

Ela deixa a caixa em cima da mesa e entrega o gato ao médico, que acaricia tranquilamente o bichano e diz:

— O efeito desse gato é incrível. Como é bastante requisitado, só posso prescrever por dez dias, o que deve ser suficiente. Aqui está.

Ele tenta entregar o felino ao paciente. Espantado, Koga recua involuntariamente com a cadeira, mas, como não tem para onde fugir, acaba pegando o animal.

— E-Espere um pouco. O que é isso?

— É um gato. É bastante eficaz. Vou escrever a receita. Entregue na recepção e pegue o que for necessário. Melhoras!

— Como assim "melhoras"? Um gato não vai ajudar em nada!

— Não se preocupe, a maioria dos problemas se resolve com um gato. Ah, se o paciente com hora marcada estiver esperando, fale para ele entrar, por favor — pede o médico, lhe entregando uma pequena folha de papel e empurrando a caixa de transporte.

Koga é praticamente expulso do consultório. Na recepção, não há ninguém esperando, só a enfermeira, que lhe entrega uma sacola com alguns itens. Com muito custo, coloca o gato na caixa de transporte. Ele o carregou por pouquíssimo tempo, mas suas roupas já estão cobertas de pelo.

"Passei a ter insônia depois dos cinquenta. Sou ignorado tanto no trabalho quanto em casa. Não quero que ninguém saiba que eu estou com problemas psicológicos, até porque sou responsável por cuidar da saúde mental dos funcionários." Por isso Koga não tinha contado a ninguém que estava à procura de uma clínica psiquiátrica. Porém agora se via coberto de pelos de gato.

— Afinal, o que estou fazendo aqui? — murmura, atordoado.

Koga mora num bairro um pouco afastado do centro de Quioto, próximo à estação de trem. Leva vinte minutos a pé para chegar em casa. Em sua garagem mal cabe um carro, e faltam mais de quinze anos para quitar o financiamento da casa.

Ele se sente o chefe da família. Sua esposa é dona de casa e sua única filha está na faculdade. Não precisa pedir permissão a ninguém para levar um gato para casa.

No entanto, entra na residência hesitante.

— Cheguei — diz baixinho.

Koga ouve o som da TV ligada na sala. Deve ser Natsue, a esposa, relaxada assistindo a algum programa no sofá.

Não sabia o que fazer com a caixa de transporte. Praguejou durante todo o trajeto por ter sido obrigado a ficar com o gato, mas acabou levando-o para casa. Como não tinha experiência com o cuidado de animais, precisava da ajuda da família.

Contudo, como explicaria essa situação? "Eu consultei um médico porque não estou conseguindo dormir ultimamente e ele me receitou um gato. Segundo ele, a maioria dos problemas se resolve com um gato."

Como estava demorando para entrar, Natsue vai até a porta.

— Oi, querido! Já voltou?

— Ah, oi. — Koga esconde rapidamente a caixa atrás de si.

— Por que não avisou que ia chegar cedo? O jantar ainda não está pronto.

— Desculpe. Não se preocupe, eu espero.

Mal tinha chegado e já havia conseguido incomodar a esposa. Talvez seja melhor falar com a filha primeiro.

— Cadê a Emiri? Já que cheguei mais cedo, podemos jantar nós três juntos.

— Hã? Eu disse várias vezes que ela ia viajar. Foi ontem com os colegas da faculdade.

— É mesmo?

— Você nunca presta atenção no que eu falo... — Natsue suspira, sem nem mesmo tentar esconder o mau humor.

Para não irritar ainda mais a esposa, tenta ir direto para o segundo andar, sem lhe mostrar a caixa. No entanto, ela logo percebe.

— Ué? O que é isso que está carregando? Comprou mais dioramas? Poxa, não temos mais espaço onde colocar.

— Não, não é um diorama. É coisa da empresa. Não é nada...

Natsue de repente começa a espirrar alto. A crise de espirros provavelmente assusta o gato, pois a caixa treme.

— Ei, fique quieto!

— Querido, mas o que... — Quando tenta espiar dentro da caixa, tem outra crise. — Não acredito! Isso é um gato?!

— É, é um gato... Fui a uma clínica hoje, e lá...

— Afaste isso de mim! Eu sou alérgica a gatos!

Ela cobre o nariz com a manga da blusa e o encara, os olhos marejados.

— Alérgica? — Koga fica espantado. — É mesmo? Desde quando?

— Desde antes de nos casarmos! Eu já te disse isso várias vezes!

Natsue se afasta. Koga fica atônito por um tempo, então carrega a caixa e a sacola para o segundo andar e entra no quarto de hóspedes, que usam para guardar coisas. Coloca a caixa no chão e se senta.

"Alergia? E agora? Ela espirrou muito. Talvez o gato não possa ficar aqui em casa..."

Ao espiar pela abertura, seu olhar encontra o do gato. O animal olha para cima, como se aguardasse o próximo movimento dele.

— Que foi? Não me olhe assim. Está tudo bem. Eu sou o chefe da família, vou dar um jeito. Por isso se comporte, tá bem?

Natsue o aguardava na sala com a testa franzida. Pela sua fisionomia, a situação não se resolveria tão fácil assim.

— Querida, foi o médico que receitou aquele gato. Fui a uma clínica psiquiátrica, você sabe como funciona, né? Segundo ele, a maioria dos problemas se resolve com um gato...

— Não diga bobagem! — Natsue estava furiosa. — Você resolveu adotar um gato sem me consultar?

— Não, não é isso. É temporário. Só por dez dias. Depois disso, vou devolver. Eu vou cuidar dele. São só dez dias. Tudo bem? — Diante da súplica desesperada de Koga, Natsue acaba concordando a contragosto.

— Mas não deixe ele solto pela casa. Nem deixe entrar na sala ou no nosso quarto. O meu problema é com o pelo. Desde criança, é só tocar em um gato que meu nariz começa a coçar... *Atchim*! Você está coberto de pelo! Vá sacudir o casaco lá fora!

— Está bem.

Ele obedece e sai de casa.

Os vizinhos o olhavam desconfiados. "Por que eu, que sou o chefe da família, tenho que passar por essa situação? Deveria dar uma bronca na minha esposa pelo menos uma vez."

Porém, ao perceber a ira de Natsue, que preparava o jantar na cozinha, ele conclui que não é a hora certa para isso. Sem alternativa, volta para o quarto de hóspedes e abre a portinha da caixa de transporte.

O gato permaneceu no fundo da caixa sem se mexer. Na sacola que recebeu da clínica há itens essenciais, como ração, potinhos de água e comida e caixa de areia. Koga se senta no chão e começa a ler o manual.

"Nome: Margot. Fêmea. Idade estimada: três anos. Sem raça definida. Alimento: quantidade adequada de ração de manhã e à noite. Água: fornecer regularmente. Limpeza das fezes e urina: quando necessário. Pode ser deixada sozinha. À noite feche a porta do cômodo onde o animal se encontra. Se ela não se acostumar com a porta fechada, abra todas as portas da casa e deixe-a circular livremente."

As instruções eram simples. Como a gata não podia chegar perto de Natsue, não havia outra opção a não ser deixá-la sozinha com a porta fechada à noite. Ele enche os potinhos com água e ração e os coloca no canto do cômodo.

— Que mais?

Enquanto ele procurava no celular como cuidar de gatos, Margot ameaça sair, apenas com a cabeça para fora. Depois de dar uma olhada no recinto, move o corpo lentamente e sai então da caixa.

É uma típica gata vira-lata preta com manchas marrom-claras, além de partes brancas na ponta de uma das patas e no pescoço. Não é especialmente bonita, mas irradia vigor.

E os olhos! São verde-claros, como chá verde, trespassados por uma linha vertical preta. Seu olhar tem um ar selvagem, as patas são longas e o corpo, esguio e forte. Lembra um boxeador musculoso peso-leve.

— Veja só. É fêmea, mas é bem forte! Segundo o manual não tem raça, mas será que esse tipo tem algum nome?

Koga faz uma busca on-line e a descrição mais próxima que encontra é a do tipo conhecido como "escama de tartaruga". Os gatos com essa pelagem costumam ser espertos, cautelosos e carinhosos.

Quando se dá conta, a gata está ao seu lado fitando-o fixamente. Os olhos de chá verde parecem estar atentos a tudo.

— Ah! Que susto! Como é mesmo o seu nome?... Ah, sim, Margot. Ei, Margot, sou o chefe da família, eu mando nesta casa. Por isso nada de me arranhar, tá bom?

Ele não consegue distinguir nenhuma emoção nos olhos de Margot. Ela inclina levemente a cabeça e vai para o canto do quarto comer ração. Koga fica aliviado. Na internet recomendam procurar um veterinário caso o gato fique sem comer por três dias.

— Que bom. Parece ser uma gata comportada, que se acostuma fácil à casa dos outros. Que engraçado! Uma gata que proporciona um sono tranquilo.

Margot come de costas para ele, balançando lentamente o longo rabo. Ele ficou observando o movimento oscilante, até suas pálpebras ficarem pesadas.

— Miau miau miau! Miau miau miau!

Koga tapa os ouvidos e cobre a cabeça com o travesseiro, mas não adianta nada.

Ele não suporta mais o miado, então se levanta do colchão. Quantas vezes já levantou essa noite?

Margot mia sem parar em direção à pequena janela. Ele decidira dormir com a gata porque não podia levá-la para o quarto do casal. Não queria dormir longe dela, já que foi receitada para lhe proporcionar um sono tranquilo, por isso levou o colchão e o edredom para o quarto de hóspedes.

No começo, Margot ficou comportada. Brincou pressionando as patinhas contra a borda da almofada que ele havia deixado ali para servir de cama, e ela era tão bonitinha que até Koga sentiu o coração ser preenchido de ternura. Lembrou-se de quando sua filha ainda era criança.

Contudo, depois de um tempo, a gata começou a miar e não parou mais. Miava incessantemente. Koga até pesquisou na internet se isso poderia ser sinal de algum problema de saúde. Descobriu que alguns gatos miam a noite inteira quando se sentem muito estressados em determinado ambiente. Ela provavelmente estava tensa por não estar acostumada com a casa.

No começo, ficou com pena dela, mas, depois de duas, três horas, não aguentava mais.

— Miau miau miau! Miau miau miau! — miava ela sem parar em direção à janela.

— Ei, fique quieta! Tenho que trabalhar amanhã.

Apesar da insônia, ao se deitar na cama nos últimos meses, Koga sentia uma sonolência e chegava a cochilar um pouco. Em geral, adormecia quando o céu começava a clarear, o que era curioso, e então acordava com o despertador. O sono era curto, mas ele não passava a noite completamente em claro.

No entanto, naquela noite, não conseguiu pregar os olhos nem por um segundo. Geralmente, sonhava com Hinako Nakajima repetindo a mesma frase: "Que legal, que legal, que legal." Naquela noite, porém, em vez da voz da chefe, ouviu o miado incessante da gata.

— Ei, por que você não fica quieta? Por que não dorme? Está com frio? A almofada não é suficiente? — reclama ele.

Koga tateia em meio à escuridão, acha um roupão e o joga para a gata. Mesmo assim, ela continua miando.

"Desisto." Koga se cobre com o edredom.

"Vou dormir. Vou dormir. Vou dormir."

— Miau miau miau!

"Preciso dormir. Preciso dormir. Se não dormir, não vou aguentar amanhã."

— Miau miau miau!

Quando se dá conta, já está claro do lado de fora. É só então que Margot fecha os olhos, enrolada no meio do roupão. Nem se mexe quando o despertador toca.

Koga passou a noite inteira acordado.

Os olhos dele estão vermelhos, o cabelo desgrenhado, e sente uma baita náusea. Enquanto ele gemia, agonizando de enjoo na pia do banheiro, Natsue se aproximou de cara fechada.

— Querido, o que você vai fazer com o gato? Não posso nem tocar nele.

Koga quase vomita.

— Eu troquei a água, coloquei ração e limpei a caixa de areia. Não precisa fazer nada. Quando eu voltar, cuido dela.

— É mesmo? Mas o gato pode ficar preso naquele cômodo o dia inteiro? Não tem problema?

"Então deixe a gata andar pela casa!" A cabeça de Koga estava tão confusa que ele não sabia se havia gritado com a esposa ou não. Cambaleando, preparou-se para ir ao trabalho. "Qual o efeito desse gato, afinal? Aquele doutorzinho charlatão vai ver só."

Quando chega à central de atendimento, ele se depara com Hinako Nakajima, que, como sempre, chegou mais cedo.

— Bom dia, Koga! — A voz alegre retumba na cabeça dele. Antes que o subordinado possa responder, ela cumprimenta outro funcionário: — Que legal a sua gravata! Fez você parecer mais jovem!

— Bom dia! Cortou a franja? Que legal! Combinou muito com você! Bom dia! Que bonitos os seus sapatos! São muito legais! Bom dia! Obrigada por ter ficado até tarde ontem à noite. O relatório ficou perfeito. Como é legal ter um funcionário motivado!

— Como ela é exagerada — murmura Koga à sua mesa.

Como não pregou os olhos na noite anterior, ele também não sonhou com Hinako repetindo "que legal!", mas ela agia assim desde que fora transferida para a central. Independentemente do cargo, elogiava cada um nos mínimos detalhes: a aparência da pessoa, o trabalho, o *obentō* comprado na loja de conveniência, o suco que a pessoa tomava... Para ela, tudo era legal.

— Como ela consegue manter esse entusiasmo todo? Desse jeito, as pessoas ao redor vão ficar de saco cheio — comenta Fukuda, o diretor da central, sentado à sua frente.

O sujeito não demonstra nenhuma motivação no trabalho e faz de tudo para evitar qualquer dor de cabeça. Koga acha que o diretor tem a mesma impressão que ele próprio em relação a Hinako. Fukuda também é um homem que não gosta de mudanças.

— Por que será que a matriz de Tóquio decidiu enviar para cá uma mulher assim? Dizem que a alta rotatividade de pessoal no nosso *call center* é um problema, mas, independentemente do chefe, quem quer sair acaba saindo de qualquer jeito...

— É — responde Koga, de forma ambígua.

Se fosse um dia normal, ele sorriria satisfeito, mas agora não consegue concordar com o diretor, talvez por causa do sono. Hinako continua a cumprimentar animadamente os funcionários que chegam.

— Bom, mesmo que não façamos nada, ela deve ser transferida para outro lugar em breve. Eles falam em "reforma", "renovação", mas se não virem nenhum resultado positivo, a matriz deve repensar o caso. Espero que ela não invente de mudar nada até lá.

Koga não diz nada porque não quer fazer coro a Fukuda e seu pessimismo.

Ele não gosta nem desgosta do diretor. Entretanto, para assumir o posto de vice-diretora da central, Hinako havia sido transferida de Tóquio e fora morar sozinha em Quioto. Até um gato tem dificuldade para dormir quando está em um lugar diferente, e Hinako devia estar se esforçando à sua maneira. Será que o diretor não poderia ter um pouco mais de empatia?

Nessa hora, Koga se dá conta: assim como Fukuda, ele não está sendo empático.

"Que legal, né?"

Mesmo zonzo por causa da noite em claro, ele faz seu trabalho. No almoço, come um *obentō* sozinho, como sempre, no canto do refeitório. Hinako, por sua vez, está rodeada por um grupo de funcionárias.

— Sra. Hinako, veja! É a minha filha na gincana esportiva da escola.

— Ah, a Rina! — Hinako arregala os olhos para ver a tela do celular que a funcionária mostra. — Está no segundo ano do ensino fundamental, né? Nossa, ela é boa na corrida!

— Sra. Hinako, olha minha filha no concerto de piano.

— A Izumizinha! Como toca bem! E que vestido lindo! Será que vai ser pianista profissional?

Hinako sempre comentava alguma coisa quando uma funcionária mostrava uma foto ou um vídeo. Por isso, todas pareciam animadas perto dela. Antes de ela ser transferida, Koga nunca tinha visto as funcionárias tão alegres daquele jeito.

"Que legal... Que legal, que legal, que legal."

"Vou dormir. Vou dormir. Vou dormir."

"Miau miau miau!"

Quando se dá conta, ele está quase desmaiando de cansaço. Na mesa ao lado, duas jovens funcionárias olham rindo para a tela do celular, todas animadas.

— Olhe. Que lindo!

— É, né? O seu namorado vai adorar!

"Hihihi! Hihihi!"

"Miau miau miau!"

As pálpebras de Koga estão tão pesadas que seus olhos parecem prestes a revirar. "Ela não é melhor que eu. Também consigo dizer 'que legal!' o tempo todo."

Ele caminha trôpego até as funcionárias.

— Que legal. Muito legal!

As duas se assustam e o encaram com uma expressão tensa. Estavam vendo um conjunto de sutiã e calcinha vermelho-vivo.

— Que legal! O tempo está muito bom hoje.

Koga se afasta, fingindo olhar para longe. Sente o suor escorrer. Não tem coragem de olhar para trás.

Que legal, que legal.

"Que droga. Não tem nada legal nisso! Que bobagem!" Koga morde os lábios.

Não deveria ter imitado Hinako. Está zonzo. De noite trancaria a gata e dormiria longe dela.

Ele vai para casa irritado. Quando abre a porta, ouve risadas alegres. São Natsue e Emiri rindo na sala.

— Cheguei — diz baixinho, mas as duas não se viram.

Por que estão rindo tanto? Koga dá uma olhada na sala e vê Margot deitada no tapete.

— Chegou, querido? — Natsue olha para ele de soslaio e logo se vira para a gata. — Como você é bonitinha, Margot! Tão boazinha e quietinha!

Natsue alisa lentamente o corpo comprido da gata, que, apesar do ar de entediada, parece estar gostando. Sua esposa não espirrava nem está com os olhos vermelhos.

— Ué? Você pode tocar na gata? E a alergia?

— Eu fui ao médico. Como a minha alergia não é grave, ele receitou um colírio e um remédio não muito forte. Disse para escovar a gata para que os pelos não se espalhem pela casa. Disse também para limpar a caixa com frequência, então troquei a areia. Pobrezinha. Como o papai é cruel, né, Margot? Deixou você presa o dia inteiro!

— Mas foi você que disse para não deixar ela solta pela casa...

O manual que recebeu da clínica está em cima da mesa. Os potinhos de água e de ração também se encontram na sala.

— Pai, vamos ficar com ela? — pergunta Emiri, sorrindo.

Koga fica perplexo; não se lembrava da última vez que vira o sorriso da filha. Desde que ela entrara na faculdade — ou talvez desde o ensino médio —, só trocavam poucas palavras de vez em quando, e fazia tempo que ela não sorria para ele.

— Ah, não... Tenho que devolver, vou cuidar dela só por alguns dias.

— É mesmo? Podíamos adotar. Ela é muito bonitinha. O pelo é fofo, gostoso do tocar. — Emiri alisa as costas de Margot, que continua quieta.

— Mãe, vamos adotar a Margot! Eu cuido dela.

— Cuidar? Você? Mas você está sempre ocupada com a faculdade. Estou vendo que vai sobrar tudo pra mim...

— Não, eu prometo! Eu cuido dela, né, Margot? — Emiri segura debaixo das patas dianteiras da gata e a levanta. — Olha só, mãe! Como ela é comprida!

— É, que incrível!

As duas se divertem, mas Koga está desanimado.

Nada mudou. Continua sendo ignorado. Tanto na empresa quanto em casa.

— Margot, vamos dormir juntas na minha cama — diz Emiri, animada, carregando a gata.

— Não! — Koga pega a gata das mãos da filha. — Eu sou o responsável por ela. A Margot é minha. Então vai dormir comigo.

— Quê? — Emiri franze a testa.

— Querido, não seja mesquinho. — Natsue faz uma careta.

— Não. Margot vai dormir no mesmo lugar de ontem. Comigo. Né, Margot? Vamos dormir juntos hoje também, né? Quê? Você também gosta do papai? Que bom!

Natsue e Emiri ficam boquiabertas, mas Koga não solta a gata. Depois de jantar e tomar banho, vai para o quarto de hóspedes com ela. O colchão e o roupão estão desarrumados, como ele deixou de manhã.

Koga, no entanto, está satisfeito. Conseguiu surpreender a esposa e a filha. "Bem feito! Ninguém mandou ignorar o chefe da família."

— Margot, seja boazinha, tá? Já é a segunda noite, consegue dormir direitinho, né? — pergunta à gata, que o fita com os olhos cor de chá verde.

Por um instante, acha que ela parece compreender o que ele diz. Mas está enganado.

Margot mia a noite inteira. Sem parar. "Miau miau miau! Miau miau miau!" Não adiantava tapar os ouvidos nem cobrir a cabeça com o edredom. Ele pensa em expulsá-la do cômodo ou dormir sozinho na sala, mas, como tinha declarado que iria dormir com ela, não podia dar o braço a torcer.

Ele passa mais uma noite em claro. De manhã, quando vê o marido diante da pia, Natsue toma um susto.

— Querido, a sua cara está horrível. Está tudo bem? Não é melhor pedir folga no trabalho?

— Nem pensar! Hoje tenho uma reunião importante e não posso faltar. Só tome conta da Margot, por favor. Não consegui fazer nada...

— Pode deixar, eu tomo conta dela. Mas se cuida, você está mal.

— Está tudo bem, não se preocupe.

Ele ri, quase revirando os olhos.

"Miau miau miau! Que legal, que legal! Que legal a calcinha vermelha!"

"Miau miau miau! Que legal essa foto! Que legal esse sutiã vermelho!"

— Senhor, senhor.

Koga ouve uma voz ao longe. Ele ria com a boca aberta. "Cale a boca. Estou ocupado falando 'que legal'."

Seu corpo parecia flutuar. Era uma sensação muito agradável.

— Senhor! — Alguém sacode seu ombro.

Ao abrir os olhos, um funcionário da linha ferroviária o encara.

— Hã?

— Senhor, estamos no ponto final.

— Ah, sim. — Koga desce do trem às pressas, atordoado.

Está na plataforma de uma estação desconhecida. Por conta do cansaço, havia decidido pegar o trem parador para viajar sentado, em vez de pegar o expresso cheíssimo. Esse foi seu erro.

Ele confere o relógio de pulso e esfrega os olhos, perplexo. Como passou a noite em claro, sua visão está turva. No entanto, mesmo olhando com atenção, os ponteiros continuam indicando a mesma hora. O grande relógio da estação também mostra o horário. Já passa das dez da manhã. Ele havia passado das estações de Quioto e Osaka, estava em Hyogo agora, bem longe de onde deveria.

"Vou chegar muito atrasado!"

Da plataforma, consegue ver o céu azul e sentir o sol forte. Fica parado por um tempo olhando o céu até tomar coragem e ligar para a empresa. Inventa uma desculpa: "Tive um mal-estar, vou chegar depois do almoço."

"Que droga. Tudo por causa daquele doutorzinho charlatão!"

Koga range os dentes, inconformado, e pega o trem expresso para Quioto. Não iria se acalmar até falar com ele. Faz algumas baldeações, atravessa correndo as ruas estreitas de Quioto e chega à Clínica Kokoro.

Na recepção, a enfermeira Chitose está sentada com uma expressão serena.

— Sr. Koga? Ainda faltam alguns dias para as suas doses de gato acabarem.

— Doses? Você fala como se fosse um remédio de verdade. — Koga tensiona a mandíbula. — Eu sei que também tenho uma parcela de culpa, pois a levei para casa, mas passei dois dias sem dormir por causa daquela gata!

— Se deseja trocar de gato, fale com o doutor. Pode entrar — diz a enfermeira, impassível.

Koga engole em seco. Tinha dificuldade de lidar com mulheres frias como ela. Ele entra no consultório desanimado.

A cortina se abre e o jovem médico surge, sorridente.

— Olá, sr. Koga! Pelo jeito conseguiu dormir bem.

— Hã? — Koga, que havia se acalmado um pouco, é tomado pela ira. — O que o senhor está dizendo? Não consegui dormir nada! A gata miou a noite toda, eu não durmo há dois dias!

— Não dormiu nada?

— Nada!

— Que estranho — diz o médico, inclinando a cabeça. — O seu cabelo está despenteado, suas roupas estão amassadas e tem marca de baba na boca, então achei que tivesse dormido profundamente à noite. A sua cara está melhor também, o que indica um bom sono... Mas não conseguiu dormir nada? Por dois dias? — Ele olha para Koga com uma expressão de estranheza.

Koga fica sem palavras ao ouvi-lo descrever sua aparência de quem acabara de acordar. Podia ter passado no banheiro de alguma estação e se olhado no espelho. Sim, ele dormira profundamente por algumas horas no trem. Tivera um sono agradável, capaz de compensar as últimas noites maldormidas.

— E os sonhos? — pergunta o médico.

Koga é pego de surpresa.

— O que tem os sonhos?

— O senhor disse que sonhava com a voz de alguém, não disse? O gato não resolveu esse problema? — questiona o médico de forma descontraída.

— Bem...

Não tem sonhado porque passou duas noites seguidas sem conseguir dormir. Antes da última consulta, era atormentado por pesadelos em que Hinako aparecia repetindo "que legal!" várias vezes com a voz estridente, em meio a gargalhadas e risadinhas de escárnio.

No trem, no entanto, teve um sonho bastante agradável. Era ele quem repetia, feliz, "que legal!", fazendo sinal de positivo com o polegar. Natsue, Emiri, Hinako e os funcionários da central de atendimento também estavam lá, e, quando ele dizia "que legal!", todos riam felizes.

Como Koga não diz nada, o médico continua:
— Hummm. Se o senhor preferir, posso receitar outro gato. — Ele digita algo no teclado. — Temos outro gato que produz o mesmo efeito...
— Ah, doutor...
— Sim?
— Vai substituir a gata só porque ela não se adaptou? Não é desumano demais?
— O senhor acha? Mas é normal fazermos substituições quando algo não dá certo. Afinal, nada é insubstituível.

O médico sorri com naturalidade. Koga não sabe se ele está falando da gata, dos remédios, dos tratamentos ou das pessoas. As palavras dele cravaram fundo no seu coração. O médico começa a digitar algo.

— Eu posso ficar com a gata... — se apressa em dizer Koga. — Posso ficar com a Margot. Minha esposa e minha filha gostaram dela, então ela pode ficar lá em casa. Acho que dá para aguentar mais oito dias, mesmo não conseguindo dormir direito.

— É mesmo? Entendi. Então continue com a gata, mas vamos mudar a forma de aplicação. Vou escrever a receita, pegue as coisas necessárias na recepção.

Koga pega o papel e sai do consultório. Está tudo silencioso e não há nenhum paciente esperando do lado de fora.

— Sr. Koga — chama a enfermeira na recepção e lhe entrega uma sacola de papel. Dentro há uma almofada velha e puída.

— O que é isso?

— É a cama onde a gata costuma dormir. Devolva sem falta junto com ela. Não se esqueça, por favor.

Ela não é nem um pouco simpática, mas, pelo seu tom de voz, nota-se que se trata de um item importante. A enfermeira parece ser bem mais nova do que ele, mas Koga se sente nervoso perto dela.

Koga chega à central depois do almoço carregando a almofada. Consegue participar da reunião, mas Fukuda solta um suspiro quando o vê, e Hinako, preocupada, pergunta como ele está, o que o deixa constrangido.

Quando chega em casa, no entanto, a raiva que sentia se dissipa. Natsue e Emiri estão rindo na sala de alguma piada interna — o que não é nenhuma novidade —, mas agora Margot as acompanha. As duas sorriem para ele da mesma forma que sorriam para a gata. Isso é novidade.

Margot, que estava deitada no chão, levanta-se e se aproxima dos seus pés.

— Ei, Margot. Levantou só para cumprimentar o chefe da família? Como você é esperta. — Koga ri, feliz.

Porém, depois de cheirar os pés dele, a gata arregala os olhos, abre a boca e fica paralisada. Nem os humanos seriam capazes de demonstrar tamanha aversão. Ela parece chocada com o chulé.

— Que cara é essa, Margot?

— Deve ser o reflexo de flehmen, pai — diz Emiri, apontando a câmera do celular para Margot. — Os gatos têm esse reflexo quando sentem um cheiro forte. Margot, mostra de novo a cara bonitinha que acabou de fazer. Pai, deixa ela cheirar o seu pé de novo!

— Eu não. Você acha que não fiquei magoado? Até parece que tenho chulé. — "Que gata mal-educada", pensa ele, aproximando a meia do próprio nariz. Depois de um dia inteiro absorvendo suor, a peça estava com um cheiro horrível. — Nossa, que fedor! Deu para entender por que a gata fez essa cara...

— Não é por causa do mau cheiro que gatos fazem isso. É só pra examinar melhor as coisas ao redor deles. Pai, tira o pé daí, vou filmar a Margot.

— Tirar o pé por quê? — Mesmo sendo tratado como um estorvo pela filha, Koga está feliz por ela estar falando com ele.

Margot fica curiosa com a sacola que Koga trouxe da clínica. Ao abrir, vê a almofada retangular rosa-claro. Está cheia de bolinhas, indicando que foi lavada várias vezes.

— O que é isso? Parece bem gasto — pergunta Natsue.

— É a cama da Margot. Como ela não está dormindo à noite, peguei emprestada. Ei, Margot, trouxe a sua caminha, vê se tenta dormir nela!

A gata aproxima o focinho da cama e, assim como antes, arregala os olhos e abre a boca.

— Isso! Margot, fica quietinha! — Emiri aponta o celular e tira uma foto. — Pai, o pé! O pé! Tira daí!

— Hã? — Koga move o pé rapidamente.

Margot senta num canto, indiferente.

— A Margot saiu bonitinha, mas a sua meia apareceu, pai. Vou apagar. Ou será que é melhor deixar? "Margot fazendo careta depois de cheirar a meia do meu pai".

Emiri ri enquanto digita no celular. Koga fica feliz ao vê-la assim, olhando sua foto — mesmo que seja uma foto da ponta do seu pé, tirada sem querer. Natsue também observava pai e filha interagirem com um sorriso no rosto.

Emiri segura a gata e a deita no chão.

— Pai — diz ela, alisando a barriga da gata. — Descobri por que o nome dela é Margot.

— Estava no manual, não?

— Não, estou falando do significado do nome. Olhe, ela tem algumas manchas brancas. Duas aqui na barriga, uma na pata. — Ela vira a gata para mostrar. — Uma no bumbum e uma nas costas. São cinco manchas redondas, ou seja, cinco círculos. Então juntaram as palavras *maru*, que significa "círculo", e *go*, que significa "cinco". *Maru-go* virou Margot.

— É só uma coincidência, não? As manchas nem são redondas.

— Quando a Margot era pequena, deviam ser redondas. Esticaram depois que ela cresceu.

— Será?

— É, sim.

Fazia quantos anos que pai, mãe e filha não riam juntos? Mesmo já sendo adultos, podiam compartilhar um momento de afeto e diversão de forma natural. Koga sentiu que estava recuperando um sentimento importante que foi se perdendo à medida que a filha crescia.

Koga achava que um gato não teria nenhuma utilidade, mas talvez estivesse enganado.

— Querido, você peidou? — Natsue faz uma careta. — Vai pra lá.

— Não peidei, não! Margot, que cara é essa? — diz Koga ao ver a gata de olhos arregalados e boca aberta.

Emiri também franze a testa e cobre o nariz com a mão.

— Que fedor. Margot, vamos pra lá.

— Ei, não está fedendo. Não fui eu! Do que vocês estão falando? Estou dizendo, não fui eu!

Ninguém lhe dá ouvidos. Emiri carrega Margot para o segundo andar e Natsue vai para a cozinha. Koga fica sozinho na sala que minutos atrás estava tão animada.

A partir dessa noite, a família decide manter todas as portas internas da casa abertas, seguindo o manual de instruções. Margot passa a dormir em vários lugares: aconchegada na caminha rosa instalada na sala, na cama de Emiri, no pequeno vão entre o travesseiro de Natsue e a cabeceira da cama.

Era muito fofo vê-la dormir nesses lugares, mas quando dormia com Koga, ela fazia questão de ficar colada nele. A gatinha subia no peito dele, mas era pesada e o sufocava. Sempre que ele a afastava, ela voltava. Quando Koga ficava de bruços, Margot subia nas suas costas. Quando ele a empurrava, ela se enfiava à força debaixo de um dos braços dele e não o deixava mudar de posição.

Sem alternativa, Koga acaba dormindo de barriga para cima, com as mãos cruzadas sobre o peito. Margot se enfia debaixo do queixo dele e se deita em cima do pescoço de Koga. De manhã, quando ele acorda, sua boca está cheia de pelos. A gata, dormindo enrolada no seu casaco — que ele deixara pendurado no cabide na noite anterior e ela devia ter puxado. Ao ver a peça que Koga usava para trabalhar coberta de pelos, Natsue e Emiri caem na gargalhada.

— Essa gata só faz maldades comigo, né?

— Postei a foto da sua roupa detonada pela Margot e recebi um monte de curtidas. Curtir é a mesma coisa que dizer "que legal", pai. Gatos são incríveis, né? Nunca recebi tantas curtidas assim.

Antes de Margot chegar, cada um ia para um cômodo depois do jantar, mas agora os três se reúnem na sala para ficar com a gatinha. Emiri está sentada no chão filmando Margot com o celular. Koga, que também estava agachado tentando filmá-la, fica nervoso ao ouvir a expressão "que legal".

— Todo mundo só diz "que legal" agora? Que valor tem um elogio bobo como esse?

— Não, pai, isso não tem nada a ver.

— Por quê?

— Não é fácil elogiar os outros.

Emiri começa a filmar Margot do lado oposto.

Koga fica irritado.

— É fácil, sim. É só falar que gostou da roupa, do cabelo ou algo do tipo.

— Não, pai, tem que fazer isso direito. Essas coisas são delicadas.

— Delicadas? Como assim?

Pai e filha conversam enquanto Margot permanece quieta entre eles.

— Dá para perceber só com o olhar ou pelo jeito de falar se a pessoa está sendo sincera ou falando da boca para fora. Elogiar a roupa é mais difícil. Se não tomar cuidado, podem achar que está zoando... No seu caso, pai, podem achar até que é assédio sexual.

— Assédio sexual?

Sendo gerente e já nos seus cinquenta anos, essas eram as palavras que Koga mais temia. Tentou se convencer de que disfarçara bem no caso da lingerie vermelha.

— E, mesmo sendo sincero, é preciso energia para fazer um elogio. Quando estou deprimida, não tenho ânimo nem para tocar na tela do celular... Quando me enviam um vídeo que não me interessa, então, fico de saco cheio. Mas como não quero ignorar ninguém, respondo mesmo não querendo.

— Que madura! — comenta Natsue.

— Bom, acho que todo mundo deveria fazer isso. — Emiri dá de ombros. — Todos querem compartilhar fotos ou vídeos de coisas que acham interessantes e querem receber elogios. Mesmo sendo um elogio bobo, se isso deixa as pessoas felizes, curtir uma foto, falar "que legal", tem seu valor. Pai, tenta mostrar as fotos da Margot para as funcionárias da empresa. Gatos têm um grande poder! — diz ela, rindo.

Koga sente que recebeu um puxão de orelha. Fica surpreso ao perceber como a filha é madura.

Na hora do almoço, Hinako ouve as histórias das funcionárias da central, como sempre. Koga já não se irritava mais quando a ouvia fazendo elogios toda sorridente. Até ficava impressionado com o jeito atencioso dela. Seus problemas — os pesadelos e a insônia — tinham desaparecido. Depois que abandonara o seu modo mesquinho de pensar, a voz de Hinako deixou de incomodá-lo. Mas ele não achava que Margot havia sido a responsável por isso.

Koga encontra Hinako sozinha no horário de almoço, o que é bem raro. Ela está de costas, no canto do corredor — onde antes era a área para fumantes —, virada para a janela e olhando a paisagem lá fora.

Koga se certifica de que não há ninguém por perto e se aproxima dela.

— Olá, sra. Nakajima.

— Olá, sr. Koga — diz Hinako, virando-se.

— Quer ver o que eu filmei em casa? — Ele pega o celular, hesitante. — É uma gracinha...

— Claro. É vídeo de criança, sr. Koga? — Ela abre um sorriso cansado, mas logo em seguida recupera a compostura. — Desculpe, não queria ser ríspida. Estava distraída. É um vídeo do seu filho? Quero ver, sim.

Hinako sorri, alegre como sempre. Ao ver o vídeo, seu sorriso fica mais radiante ainda.

— Ah, um gatinho! Então o senhor tem um gato?

Era um vídeo de Margot dormindo. Estava deitada de costas, esticada, como se fosse humana, com as patas dianteiras cruzadas sobre o peito. O longo rabo saía do meio das patas traseiras. A posição era a mesma de Koga quando dormia com a gata.

— Ela dorme assim? — pergunta Hinako aos risos.

— É. Parece um faraó, né?

— Que legal! É muito bonitinho! — Ela ri alto assistindo ao vídeo. A risada soa mais alegre do que o normal.

Koga a observa. "É preciso energia para fazer um elogio." Emiri tinha razão. Hinako havia sido transferida de Tóquio para administrar um grande número de funcionários, e era esperado que produzisse resultados. Os homens de meia-idade ao seu redor, amargurados, não demonstravam nem um pouco de empatia. Devia ser exaustivo. Talvez ela prefira ficar sozinha às vezes, só para não ter que agradar ninguém.

— Os bichinhos animam mesmo a gente — diz Hinako vendo o vídeo e dando um sorriso um pouco cansado. — Não é que não goste de crianças ou de bebês. Mas sou solteira, e às vezes não sei como reagir quando me mostram fotos ou vídeos. Bom, ninguém deve se importar com a minha reação mesmo...

— Todos ficam muito felizes — afirma Koga, com uma sinceridade que ele não esperava. — Todos ficam felizes quando a senhora os elogia. É muito legal da sua parte.

Hinako fica surpresa por um instante, mas logo em seguida esboça um sorriso encabulado.

— O senhor está me elogiando? É, receber elogios é muito legal!

Emiri tinha razão. É preciso energia para fazer algo com que não estamos acostumados. Contudo, se um simples elogio deixa as pessoas felizes, não é nenhuma tarefa árdua elogiar alguém.

— Tem essa foto aqui também. Quer dar uma olhada?

Koga mostra a foto da reação da gata ao cheiro da meia, e Hinako fica encantada. Tinha voltado a ser a Hinako de sempre. Nesse momento, Koga entende por que as pessoas sempre estão ao redor dela. Era a mesma coisa que acontecia em casa: todos queriam ficar perto de Margot. Ele sente o coração aquecer diante daquele pequeno momento de felicidade.

Os gatinhos brincam juntos no compartimento envidraçado. Todos têm pelo fofo e são lindos feito bichos de pelúcia. Os preços, por outro lado, não são nada bonitos.

É feriado e a pet shop dentro do shopping está lotada de famílias com crianças pequenas. A loja é grande e iluminada. Os cachorrinhos correm dentro de uma grande área reservada e os gatinhos aproveitam o espaço amplo onde estão. Alguns brincam, outros dormem profundamente, ignorando os fregueses que os admiram com o rosto colado no vidro.

Os funcionários carregam os bichinhos para lá e para cá e, assim que percebem o olhar de um possível adotante, o incentivam a tocar no animal. "Se eles passarem por mim, não vou resistir", pensa Koga ao se afastar.

Emiri observa um gatinho encostar a pata no vidro. Ele tem pelo longo marrom-claro e os olhos verdes lembram esmeraldas.

— Olha, mãe, que lindo!

— É, né? Mas você não disse que queria um Scottish fold? Tem um lá. As orelhas não estão tão dobradas, mas é dessa raça.

Koga já está exausto. Não sabia que havia tantas raças e nem que eram tão caros. Enquanto Emiri e Natsue conversam com um atendente, ele se senta sozinho no sofá da loja.

Logo depois de devolver Margot, sua esposa sugeriu que pegassem um gato. Só ficaram com a gata por dez dias, mas a sua presença foi tão marcante que mudou completamente o clima da casa. Era natural que Natsue, que havia passado mais tempo com Margot, ficasse mais abalada com a partida dela.

Koga se lembrou do diálogo que teve com o médico quando devolveu a gata:

— A Margot vai voltar para a casa dela? — perguntou ele. — Ela vai receber bastante carinho, né?

O médico inclinou a cabeça, confuso.

— É que a minha esposa estava preocupada. Ela viu que a caminha da Margot é velha, mas parece ter sido lavada várias vezes. Eu disse que ela deve ter um bom dono ou uma boa dona que cuida dela e das coisas dela com carinho. Por isso fiquei curioso.

— Ah, sim. Entendi. Bom, gatos não se importam com coisas caras, o importante é eles gostarem do cheiro. Mas não se preocupe, ela vai ficar bem — respondeu o médico, de forma vaga, mas ele foi cuidadoso ao pegar a caixa de transporte.

Margot não pareceu nem um pouco triste com a despedida. Pelo contrário, pareceu aliviada, seus olhos cor de chá verde límpidos e faceiros.

Na pet shop não havia gatos manchados como Margot. Nem gatos adultos. Koga gostava de gatos fortes, mas o próprio ato de escolher um numa pet shop parecia um erro.

— Ei, pai. — Emiri se aproxima com a mãe, ambas resolutas. Koga se levanta.

— Decidiram? Podem escolher qualquer um, não importa o preço. Eu posso esperar mais um pouco para trocar de carro, posso economizar.

— Não é isso. — Emiri olha para o interior da loja com uma expressão ambígua. — Todos esses gatinhos são bonitinhos, e tem muita gente interessada. Cedo ou tarde vão encontrar um bom dono, mesmo não sendo a gente. Então que tal adotarmos num lugar como esse?

Emiri mostra a tela do celular. Era o site de um abrigo para animais.

— Abrigo para animais? — Koga imaginou que fosse outra pet shop, mas não era o caso.

— É. A minha amiga da faculdade adotou um gato resgatado por esse abrigo. Eles estão fazendo um evento de adoção hoje, podemos ir lá ver?

— Gato resgatado? — diz Koga.

"Qual a diferença de um abrigo para uma pet shop?" Como estava cansado de ficar no estabelecimento, concorda em ir ao abrigo.

O abrigo de animais Casa de Quioto era mantido por uma organização de proteção de animais e ficava em um bairro pacato um pouco afastado do centro da cidade. Por fora, parecia uma loja comum, mas por dentro era iluminado e amplo, nem um pouco desolador como Koga havia imaginado. As gaiolas com os gatos estavam dispostas em fileiras para que os interessados pudessem vê-los. Havia muitos casais e famílias com crianças.

— Quantos gatos! Todos eles foram abandonados? — pergunta Koga.

— Alguns foram resgatados, outros foram abandonados — responde Emiri.

— Como tem gente cruel...

Enquanto Emiri e Natsue examinam cada gato, Koga resolve dar uma volta pelo abrigo. Havia muitos animais em gaiolas com placas de "indisponível para adoção" ou "em tratamento". Nenhum deles tinha pelo macio ou olhos bonitos como os que vira na pet shop. Uns tinham cicatrizes no focinho, outros falhas de pelo.

Koga volta e encontra Emiri e Natsue admirando os gatinhos.

— Aqui só tem gato adulto. Tudo bem?

— Sim. Filhotes são bonitinhos, mas dão mais trabalho. Nunca tivemos um animal em casa, então fico um pouco receosa.

— Mas será que um gato adulto se apegaria à nossa família? — diz Koga.

— Vai se apegar, sim — responde alguém atrás dele.

— Ué, o senhor?! — exclama Koga ao se virar. — O que está fazendo aqui?

Parecia aquele médico esquisito da clínica psiquiátrica. Ele tinha o mesmo sorriso vago, mas não usava jaleco branco e estava de botas. Carregava um gato de pelagem escura.

— O senhor trabalha aqui? É veterinário também? Ah, entendi, por isso recomenda gatos...

— Hã? — O homem inclina a cabeça. Ele falava do mesmo jeito descontraído que o médico. — Eu sou o vice-diretor deste abrigo. Me chamo Kajiwara. Todos os gatos do evento estão acostumados com pessoas. Por isso, se cuidarem com amor e paciência, com certeza eles vão se apegar. Os senhores já tiveram gato? — pergunta Kajiwara, a voz suave.

— Não — responde Emiri, antes do pai. — Mas cuidamos de uma gata por alguns dias, e ela era uma gracinha. Então estamos pensando em adotar um.

— É mesmo? — diz Kajiwara. — Espero que encontrem um bom companheiro. Não exigimos muito das pessoas que querem adotar. Muitos abrigos recusam gente solteira ou famílias que nunca tiveram gatos, mas a nossa política é dar oportunidade ao maior número possível de pessoas, sem desencorajar quem estiver interessado.

Emiri olhava encantada para Kajiwara, com seu sorriso simpático. Koga o encarava, desconfiado. Era aquele médico, com certeza. A aparência, o modo de falar, o jeito atencioso que continha certa frieza, tudo era parecido demais.

O gato se move um pouco nos braços de Kajiwara e vira a cabeça. Os olhos eram verde-claros, parecidos com os de Margot. Há uma grande mancha preta de um lado do focinho e uma mancha listrada disforme do outro. Sua pelagem é toda malhada.

— Essa pelagem é escama de tartaruga? — questiona Koga.

— Como tem muitas partes brancas, acho que é tricolor. Tem um pouco de pelagem tigrada também. É fêmea. Tem cerca de três anos.

— Está para adoção? — pergunta Koga.

— Sim. É boazinha, mas como as manchas do focinho são disformes, ninguém se interessa por ela. Né, Roku? — Kajiwara se dirige à gata com um tom carinhoso. Ela levanta a cabeça e aproxima o focinho de Kajiwara.

Koga, Emiri e Natsue a observam, encantados. Havia outros gatos mais simpáticos e bonitos, mas por alguma razão não conseguiam tirar os olhos da que estava no colo de Kajiwara.

— Ela já tem nome? — indaga Emiri.

— Os gatos que acolhemos são chamados por números. Essa, como fica na gaiola número seis, é chamada de *roku*, "seis" em japonês. Geralmente a pessoa que adota escolhe outro nome depois. Quer pegar no colo? — pergunta Kajiwara.

— Posso?

— Claro — responde ele, entregando a gata.

— Como ela é quentinha! — diz Emiri ao pegar o animal de forma desajeitada.

Ela olha para os pais com um sorriso encabulado.

A gatinha levanta o focinho e funga, o que faz Emiri abrir ainda mais o sorriso.

— Número seis, com muitas manchas — diz Koga, rindo. — Está decidido então: Buchiroku. *Buchi*, que significa "mancha", e *roku*, que significa "seis".

— Ei, pai, não vale! Você não pode decidir o nome sozinho! — Emiri franze a testa.

— Não, eu só...

— Eu queria um nome mais bonitinho. Moca, Belly...

— Então vamos chamar de Moca. Pode ser Belly também.

— Mas quando olho para ela só consigo pensar em Buchiroku... Né, mãe? — diz Emiri.

— É, combina com ela. — Natsue ri, aproximando o rosto da gata, que olhava para uma e depois para outra.

— Já que gostaram dela, podem levá-la por alguns dias e ver como ela se adapta. Eles fazem a análise da documentação ali — anuncia Kajiwara, apontando para a recepção.

Natsue e Emiri devolvem a gata a Kajiwara e se dirigem para a recepção. Pelo jeito, vão levar a gata para casa.

— O senhor não é mesmo o médico daquela clínica? — pergunta Koga, olhando de soslaio para Kajiwara. — Aquela pequena, que fica entre as avenidas Rokkaku e Takoyakushi... Clínica Kokoro.

— Ah, conheço essa clínica. — Kajiwara ri. — É a clínica do dr. Kokoro, né? Ele já me ajudou muito. Visita o nosso abrigo de vez em quando.

— Ah... O senhor está falando da mesma clínica psiquiátrica?

— Clínica psiquiátrica? Não, estou falando da Clínica Suda, que fica em Nakagyō.

O homem realmente parecia não conhecer a clínica. Kajiwara esboça um sorriso sem graça. Emiri e Natsue voltam.

— Vamos levar a gatinha... a Buchiroku. Tudo bem, querido?

— Tudo bem — responde Koga, distraído, olhando o crachá pendurado no pescoço de Kajiwara.

Tomoya Kajiwara. O homem era idêntico ao médico, mas era mais calmo. Enquanto conversava com ele, percebeu que parecia mesmo outra pessoa.

— Roku, seja boazinha — diz Kajiwara e a entrega para Emiri, acariciando sua testa com a ponta do dedo. A gata fecha os olhos, satisfeita.

Emiri fica radiante vendo a gata dentro da caixa de transporte que pegou emprestada no abrigo.

— Olhe — diz ela. — Postei uma foto dizendo "Vamos adotar uma gata" e recebi muitas curtidas. Ih, alguém comentou: "Buchiroku? Que nome legal!" Pai, o nome está fazendo sucesso. Maneiro, né?

— Não ligo para elogios bobos.

Mas, no fundo, Koga estava contente porque o nome que ele escolhera havia agradado.

Buchiroku não era do tipo escama de tartaruga, mas ele ficou feliz ao pensar que estavam prestes a adotar uma gata parecida com Margot.

"Chegando em casa, também vou tirar fotos, filmar e mostrar para todo mundo. Se alguém elogiar a Buchiroku, vou elogiar de volta. Acho que as pessoas vão gostar muito dela."

Quando alguém elogiava Buchiroku, Koga sentia que também estava sendo elogiado, já que foi ele quem escolhera o nome da gatinha. Ele sorri, olhando de soslaio a gata que recebia carinho da esposa e da filha.

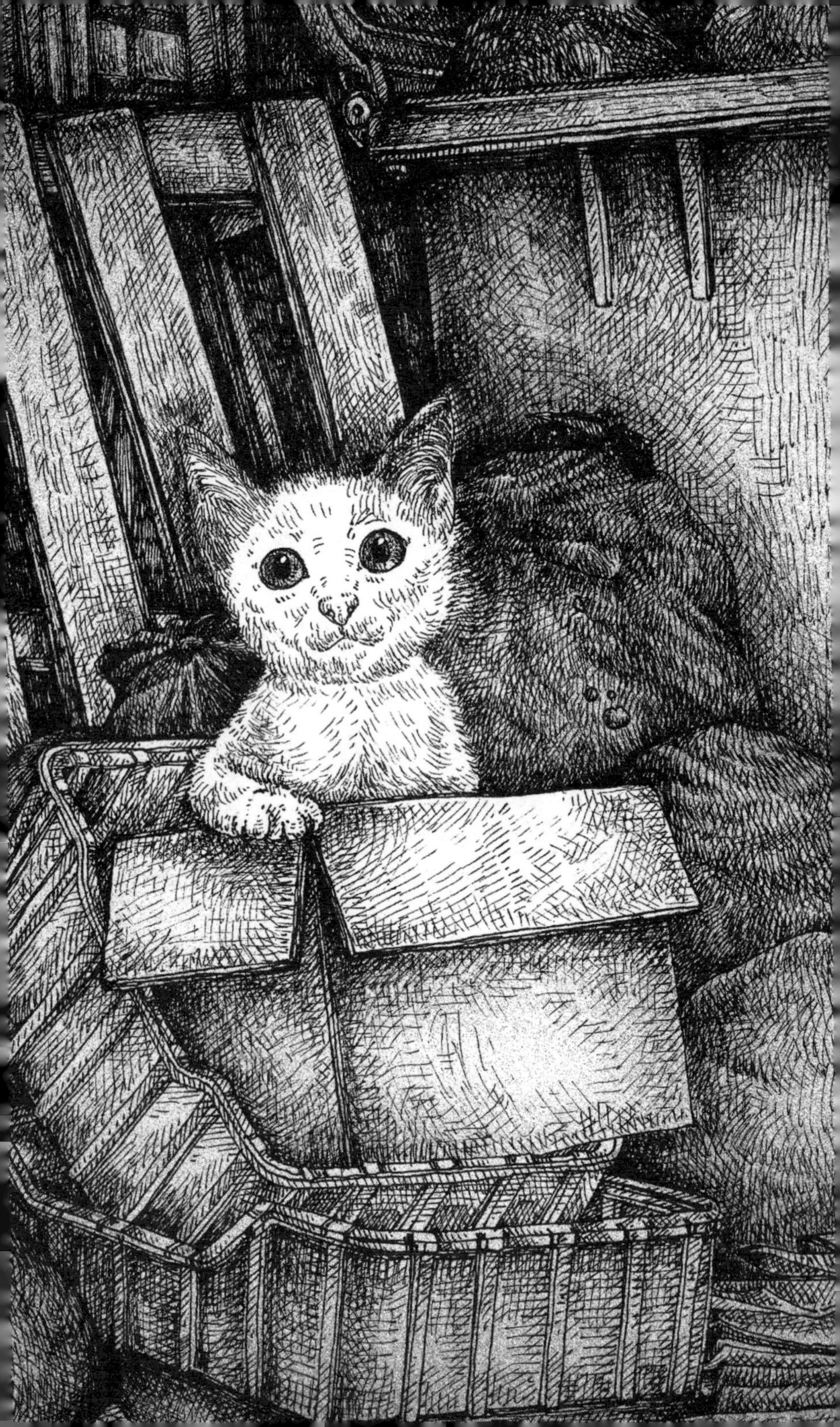

CAPÍTULO TRÊS

Megumi Minamida para na frente de um parque, na esquina da rua Rokkaku Fuyachō.
 Ela vira e vê Aoba, sua filha, parada do outro lado da rua estreita, olhando para baixo. Fica irritada, mas respira fundo e tenta se acalmar.
 — Aoba, não fique aí plantada. Vai atrapalhar os outros — grita Megumi.
 Quando vê a filha de apenas dez anos se aproximando cabisbaixa, sente que foi ríspida demais. Contudo, já estava atrasada por causa dela, não podia perder mais tempo sendo delicada. Elas rumaram até o endereço que a filha ouvira das amiguinhas e encontraram a clínica.
 — Mas foram a Rize e a Tomomi que passaram esse endereço. A amiga da mãe da Kiko tem uma filha que foi atendida pelo dr. Kokoro.
 — Acabamos de sair da clínica do dr. Kokoro. Não era lá.
 Megumi sabia que deveria ter pesquisado direito, mas mesmo assim continuou sendo rude com a filha.
 A relação com Aoba ficou mais difícil depois que a garota passou para o quarto ano do ensino fundamental. As reclamações eram sempre as mesmas — a escola é chata, as matérias são difíceis —, mas agora ela tem estado mais melancólica. E, alguns dias atrás, disse que queria ir à clínica do dr. Kokoro, em Nakagyō.
 Megumi achava que psiquiatra não era coisa para criança, então não levou a sério o pedido da filha. No entanto, quando conversou sobre o assunto com a mãe de uma das amiguinhas dela, descobriu que hoje em dia é normal os pais se preocuparem com a

saúde mental dos filhos. Na mesma hora, sentiu que deveria fazer alguma coisa — se não levasse a filha ao psiquiatra, seria considerada uma péssima mãe, uma mulher retrógrada.

Ela olhou no mapa e levou a filha à clínica de um médico chamado Kokoro Suda, que ficava em Nakagyō.

Dr. Kokoro, no entanto, não era psiquiatra. Nem pediatra. Ele nem sequer atendia pessoas. Quando entraram, viram um grande cachorro deitado ao lado de um sofá. A parede estava coberta de fotos de cães e gatos ao lado dos donos.

Dr. Kokoro era veterinário. Megumi logo se arrependeu de ter dado ouvidos à filha.

— Vamos, filha. Tenho que preparar a janta.

— Já vamos desistir? — reclama Aoba, inconformada. — Procura a clínica do dr. Kokoro na internet, mãe. Fica aqui em Nakagyō.

— Mas nós já encontramos, só que é uma clínica veterinária...

— Não, nós estamos no lugar errado. A clínica do dr. Kokoro fica no último andar de um prédio, e ele ouve com atenção o que a gente diz. A Rize e a Tomomi também fazem terapia, e elas ligam para o médico a qualquer hora, mesmo não tendo nenhum problema.

— Terapia? — Megumi ri, desanimada. A filha estava sendo muito influenciada pelas amiguinhas.

Segundo as outras mães, cuidar da saúde mental estava na moda entre as crianças. Elas achavam legal estudar em escolas preparatórias, fazer aulas de música, dança, praticar esportes, ter smartphones e consultar profissionais — e não os pais ou os professores — quando tinham algum problema. Quanto mais os filhos crescem, menos os pais os compreendem.

— Se quiser desabafar, pode falar com a mamãe. Vamos conversar depois que você terminar a lição de casa.

— Mas você não sabe de nada, mãe. Você nunca me escuta — responde Aoba, em um tom de rebeldia.

— Então procura você mesma a clínica! — resmunga Megumi, irritada, e começa a andar sem esperar a filha. Ao olhar para trás, na esquina da avenida Tomikōji, depois de atravessar uma rua, vê Aoba parada na frente de uma loja.

— Mãe, tem uma rua estreita aqui — diz a garota, olhando para a mãe e apontando para uma direção.

— Rua? Não tem nenhuma rua aí.

— Tem, sim. Olha! — Ela bate o pé como se fosse uma criancinha. — Olha direito! Tem uma rua, sim!

Megumi vai até a filha, a contragosto.

— Deve ser um estacionamento. Entrar no terreno dos outros é...

Ela olha e percebe que Aoba tinha razão: há uma ruazinha ali, um beco escuro, estreito e comprido.

— Viu? Eu falei! Tem uma rua, sim — diz Aoba, triunfante.

Visto da avenida principal, o beco parecia um simples vão, então era natural passar despercebido. Megumi nota um prédio velho e mal iluminado ao fundo.

— Vou dar uma olhada — afirma Aoba, e sai correndo.

— Espere, filha. Não pode entrar num prédio esquisito como esse...

— Mas, mãe, foi você que me disse para procurar! — replica Aoba, entrando correndo no prédio.

Sem opção, Megumi vai atrás dela.

A porta era pesada. Megumi estava desconfortável, e, para piorar, a enfermeira que as atendeu era antipática e nem sequer olhou para as duas. No consultório só havia cadeira para um paciente, então Megumi ficou em pé, esperando.

Já eram quase cinco da tarde. Se demorassem muito, o filho mais velho, que estava terminando o ensino fundamental, chegaria em casa antes delas. Ele estava em fase de crescimento e só pensava em comer. Praticava esportes na escola e trazia uma sacola cheia de roupas para lavar toda semana. Megumi tinha pensado em passar no mercado na volta, mas desistiu da ideia; não daria tempo. O que tinha mesmo na geladeira? De repente, lembra que na semana que vem será o chá organizado pelo grupo de mães. O que levará dessa vez? Suas ideias de guloseimas e aperitivos já haviam se esgotado.

Vários pensamentos passam pela cabeça de Megumi. Aoba, por outro lado, parece empolgada só de estar na clínica.

— Viu a enfermeira, mãe? Ela é tão bonita... Acho que já a vi em algum lugar. Ela se parece com alguma atriz?

— Aoba, fique quieta. — Megumi lança um olhar penetrante e a filha baixa a cabeça.

A cortina se abre e um homem de jaleco branco surge. Megumi nunca tinha visto um médico tão jovem e com um rosto tão meigo.

— Uau, que surpresa! Como o senhor é bonito! — comenta Aoba em tom alegre.

Megumi fica perplexa com a falta de pudor da filha.

— Não seja desrespeitosa. Fique quieta — diz ela, ríspida, e a menina baixa a cabeça, emburrada.

Uma mãe dando bronca na filha na frente de um psiquiatra, que gafe! Um deslize desses podia até ser considerado abuso. Megumi olha o médico de soslaio.

Ele está sorrindo.

— A cadeira não é para ela — diz ele.

— Hã?

— Quem precisa sentar é a senhora, que é a paciente.

Por um instante, Megumi não entende o que ele quer dizer.

— Ah, não — diz ela, com o rosto corado. — É a minha filha. É ela que quer se consultar com o senhor.

— É mesmo? Ela parece não ter nenhum problema — afirma o médico, encarando Aoba. Ele se vira para ela e pergunta: — Poderia me falar seu nome e sua idade?

— Aoba Minamida, tenho dez anos.
— Obrigado. Qual é o seu problema?
— Bem... — Aoba inclina a cabeça e balança as pernas. — Estou com um problema na escola. Posso falar dele para o senhor?
— Claro.
— Na minha turma da escola tem uns grupinhos, sabe? — Aoba começa a falar de forma descontraída, e Megumi arregala os olhos.
— Filha, isso não é assunto para falar com o doutor...
— Tudo bem, senhora. Grupinhos? Sei como é. O que tem esses grupinhos?
— Na minha turma tem dois grupos liderados por duas meninas, e temos que escolher em qual entrar. Na verdade, eu nem queria me envolver nesse tipo de briga, mas se o grupo que eu escolher perder, vão zoar a gente o ano inteiro. Então escolher um grupo é um problema sério. As minhas amigas, a Rize e a Tomomi, falam desse tipo de problema com o médico delas, então eu também queria conversar com um médico sobre isso — relata Aoba, alegremente, como se estivesse contando o enredo de um desenho animado.
Megumi fica surpresa. Sabia que a filha andava abatida, por isso decidiu levá-la à clínica, mas não imaginava que fosse falar uma besteira dessas.
— Filha, não estamos aqui para falar bobagem. O doutor está aqui para ouvir os seus problemas. Ele é ocupado. Então fale de coisas mais sérias.
— Não se preocupe, senhora. — O médico esboça um leve sorriso. — Não tenho muitos pacientes hoje. Mas muita gente tem me procurado, as pessoas ouvem um rumor aqui e outro ali... Ou seja, acabam me encontrando por meio de boatos. Eu estava esperando o paciente com hora marcada, mas pelo jeito ele não vem mais.
— Como assim o paciente marca hora, mas não vem? — pergunta Aoba.

— É. Estou esperando faz tempo. Será que desistiu? Será que a porta é pesada demais? — O médico levanta o queixo numa expressão de dúvida.

"Que médico esquisito. Fala como um velho, mas tem um jeito de jovem."

Megumi desconfia que talvez esteja no lugar errado. Para começar, o problema de sua filha é fútil, ela parece estar de brincadeira com o médico.

— Minha mãe também reclamou, disse que a porta da clínica é pesada demais — comenta Aoba, e em seguida olha para a mãe sorrindo.

— Isso não vem ao caso — diz Megumi, franzindo a testa.

Aoba, que estava sentada, vira o rosto. O clima volta a ficar tenso, mas não tem jeito. "Vamos para casa... Tenho muita coisa para fazer."

— Doutor, desculpe tomar o seu tempo com bobagem. Acho que a minha filha só queria conhecer uma clínica dessas. Na escola tem uma psicóloga, então vamos falar com ela.

— Não é bobagem, mãe — murmura Aoba, cabisbaixa. — Você sempre diz que o que eu falo é bobagem...

— E é, não é? Vamos pra casa. Tenho que preparar a janta. Depois você me conta sobre esses grupinhos da escola.

Aoba não se mexe.

— Você não me ouve. Por que nunca ouve o que eu falo, mãe?

— Ouço, sim. Eu sempre escuto você durante o jantar.

— Você nunca me entende. Só responde: "Você é que deve estar errada, não ligue pra essas bobagens." Já falei para você dos grupinhos na minha turma. Lembra o que você respondeu? Disse para não me envolver com bobagem.

— Mas, filha...

"Ela me contou? Eu respondi isso?"

Talvez. Mas é claro que Megumi não ia lembrar. As preocupações de uma criança mudam todo dia, e ela não tinha tempo para levar a sério cada uma delas.

— Hummm. Tem algo errado — diz o médico, de braços cruzados. — A porta está pesada? Tem algo errado. Vou te receitar uma dose considerável de gato, que tal? Sra. Chitose, poderia trazer o gato?

Nesse momento, a enfermeira abre a cortina. Trazia uma caixa de transporte.

— Está tudo bem, dr. Nike? O paciente com hora marcada pode chegar a qualquer momento — diz ela, mal-humorada, franzindo a testa.

O médico parece sem jeito.

— Se vier, peça para esperar um pouco. Nós já esperamos muito.

— Bom, eu avisei — diz ela friamente e sai, deixando a caixa de transporte.

Megumi fica chocada. "Que enfermeira mais grossa! Isso foi uma indireta para irmos embora logo?"

— Mãe — chama Aoba. Megumi achou que a filha fosse tagarelar outra vez, mas não. Ela aponta para a caixa: — Olha, tem um gato.

— Gato? Não pode ser. Aqui não é uma clínica veterinária.

— Mas é um gato, sim — diz Aoba, chateada. — Estou dizendo, é um gato!

Então Megumi se agacha, um pouco impaciente. A caixa é simples, de plástico. Da abertura lateral dá para ver algo branco. Pelos... É um gatinho branco. Um filhote. Os pelos arrepiados são finos e dispersos. O focinho, rosa-claro. Seu corpinho é franzino e ele tem olhos grandes e uma mancha preta em uma das orelhas.

— Yuki... — murmura Megumi.

— Mãe, você conhece esse gato? — pergunta Aoba, virando-se para ela.

— Não, mas... Não pode ser... Porque esse gatinho...

Megumi fica atônita e não consegue desviar os olhos do animal. Seus pelos brancos parecem a penugem de um dente-de-

-leão. "Se assoprar, vai sair voando." Ela se lembra nitidamente desse dia.

Megumi tinha cerca de nove anos.

— Megumi, Mami, venham, rápido! — gritou Reiko.

Megumi correu até a amiga, sua mochila balançando muito nas costas.

Depois da aula, as amigas foram a um terreno baldio que ficava um pouco afastado do trajeto habitual. Reiko estava no canto do muro, agachada na frente de uma caixa de papelão. Ao espiar pelas costas da amiga, Megumi viu uma toalha suja, jornal e três filhotes que se mexiam.

— Gatinhos!

Seu coração foi tomado pela emoção. Ela já tinha acariciado o cachorro do vizinho, mas nunca tocara num gato. Eles eram pequenos como um bichinho de pelúcia. Miavam baixo e seus dentes pareciam de plástico, frágeis.

— Que bonitinhos!

As três largaram as mochilas e ficaram observando, encantadas. Os filhotes bocejavam, coçavam a cabeça com as patas pequeninas, eram uma gracinha. Havia muitas flores amarelas de dente-de-leão no terreno baldio e algumas já tinham virado penugem branca. Os gatos fofinhos pareciam essa penugem.

Foi Reiko quem estendeu as mãos primeiro e pegou um dos gatinhos da caixa. Ela era a líder do grupo; era esperta e sempre tirava as melhores notas. Mami pegou o segundo gatinho. Megumi sentiu o olhar de incentivo das amigas e, com medo, pegou o último.

Ela tomou um susto. Ele era muito leve e macio. Os pelos arrepiados, brancos, fininhos e delicados pareciam capazes de sair voando se os assoprasse. Havia alguns pelos pretos numa das orelhas, o nariz era rosa-claro e os olhos, bem grandes.

As três ficaram com os gatinhos no colo por um tempo. Até que Reiko se levantou e disse:

— Vou levar esse gatinho para casa.
— Quê?
Megumi e Mami se entreolharam.
— É isso aí. Vou adotar. Não posso deixar o coitadinho aqui — disse Reiko, decidida, olhando para as amigas, que continuavam agachadas. — Vou pedir para a minha mãe. Por que vocês não fazem isso também?
— Mas... — Megumi olhou para o gatinho em seus braços. — Minha mãe não vai deixar. Minha casa é pequena.
— Como você sabe que ela não vai deixar se nem perguntou ainda? Minha mãe trabalha, é professora, é mais ocupada do que a mãe de vocês, mas acho que vai deixar.
— É, mas...
A família de Megumi nunca tivera animais. O único bicho que criaram foi o besouro-rinoceronte que seu irmão mais novo achou durante as férias de verão. A gaiola do inseto ficava na entrada da casa, e Megumi não sabia quem cuidava dele.
Lembrou-se do rosto da mãe. Ela nunca ia permitir um gato dentro de casa. Mas o olhar penetrante de Reiko ardia na pele. Nessa hora, Mami se levantou, determinada.
— Vou levar para casa também. Vou pedir para a minha mãe — disse ela.
— Vai mesmo? Como você é boazinha, Mami!
— É. Coitado do gatinho, não posso deixar aqui. Se a minha mãe não deixar, vou pedir para o meu pai.
Megumi ficou aflita diante da cumplicidade das amigas. Levantou-se apressadamente e disse:
— Também vou levar para casa. Se a minha mãe não deixar, também vou pedir para o meu pai.
— Sério? Então nós três vamos adotar — concluiu Reiko.
— Sim! Nós três vamos adotar.
Megumi ficou feliz ao ver o olhar de aprovação de Reiko e sentiu a coragem nascer dentro de si. O gatinho se debatia no seu

colo, mas não tinha forças para fugir. De repente, ela sentiu que o animal era realmente seu.

— Então vamos decidir os nomes? — sugeriu Reiko, e as três começaram a pensar.

Megumi escolheu Yuki, que significa "neve" em japonês, pois o gato parecia uma bola de neve branquinha ainda que houvesse pelos pretos em uma orelha. Mas até essa mancha era bonitinha.

"Vou proteger você, Yuki", prometeu Megumi, apertando-o firmemente contra o peito.

Para sua sorte, quando voltou para casa, sua mãe não estava. Ela forrou com jornal a área perto da porta de entrada, onde deixavam os sapatos, e soltou Yuki. Seu irmão mais novo, Yoshihito, tinha voltado mais cedo da escola e observava assustado da base da escada.

— Megumi, esse gatinho é nosso?

— É, sim. Bonitinho, né? O nome dele é Yuki.

— Mas mamãe deixou? Ela não vai ficar brava?

Megumi lançou um olhar penetrante para o irmãozinho assustado.

— Não enche o saco. Vou tomar conta dele, ela vai deixar. Você não pode tocar, tá? Ele é meu — disse, ríspida, e aí o irmão começou a chorar. Ele era um ano mais novo e chorava por qualquer coisa. — Não chora. Eu deixo você tocar nele, mas só um pouquinho, tá?

— Posso? — Yoshihito foi até a entrada, desceu só de meias e se agachou.

— Que pequenininho! Que bonitinho!

— É, né?

Os dois ficaram observando Yuki, que miava sem parar olhando para os irmãos, como se estivesse pedindo algo.

Eles ouviram um ruído e a porta se abriu. Era a mãe voltando do mercado, com sacolas de compras nas duas mãos. Seus movimentos eram lentos por causa da barriga grande e saliente. Dali a dois meses teriam outro irmãozinho.

Ela deixou escapar um longo suspiro. Quando notou o gato no chão, no meio dos dois filhos agachados, sua expressão mudou completamente.

— Ei! O que é isso?

Megumi ficou paralisada ao ouvir a voz alta e estridente da mãe. Sim, esperava levar uma bronca, mas Yuki era tão bonitinho que a menina tinha esperanças de que a mãe esboçaria pelo menos um sorriso ao vê-lo. Só que estava completamente enganada. Antes mesmo de deixar as compras no chão, a mãe gritou:

— Devolva esse gato! Agora mesmo!

— Mas, mãe, coitado do gatinho...

— Onde você estava com a cabeça? Trazer um gato pra casa? Não temos condições de criar um bicho! Vai deixar agora mesmo onde o achou! — gritou a mãe de novo, furiosa.

Megumi costumava levar bronca quando não fazia a lição de casa ou quando brigava com o irmão, mas nunca vira a mãe tão enfurecida.

Yoshihito começou a chorar copiosamente. Megumi também queria chorar, mas resistiu.

— Mãe, me escuta! Foi a Reiko que encontrou os gatinhos. Tinha três. Ela disse que vai adotar um, que vai pedir para a mãe dela, e disse para a Mami e eu fazermos isso também.

— O que a Reiko tem a ver com isso? Foi você que trouxe o gato, e agora vai ter que devolver! — disse a mãe, categórica, virando as costas e ignorando a filha, que tremia. Depois olhou para trás e disse: — Yoshihito! Até quando vai ficar chorando? Você vai ter um irmãozinho em breve, não pode ficar chorando por qualquer coisa!

Yoshihito chorou mais alto ainda com a bronca. Não dava mais para ouvir o miado frágil de Yuki. Lágrimas escorreram pelo rosto de Megumi e caíram sobre o jornal que cobria o chão. O semblante da mãe era de pura irritação.

— Devolva antes que escureça — ordenou ela, se afastando dos filhos.

Megumi caminhou lentamente até o terreno baldio com Yuki em seus braços envolvido no jornal.

"A mamãe é um monstro. Uma bruxa."

Sentia muita raiva e mágoa da mãe, não conseguia parar de chorar. O gatinho se agarrava firmemente à sua roupa com as unhas pequeninas. "Esse pobre bichinho depende tanto de mim, e a mamãe me obriga a abandoná-lo. Como ela é cruel!"

Assim que chegou no terreno baldio, viu alguém perto do muro. Era Mami, agachada na frente da caixa de papelão.

— Mami...

A amiga se virou. Lágrimas escorriam de seus olhos vermelhos. Na caixa, estava o gatinho que ela havia levado para casa. Megumi se agachou ao seu lado.

— Sua mãe não deixou? A minha também não.

— É... Levei bronca da minha mãe. Ela me mandou devolver porque se meu pai visse ficaria furioso.

— Minha mãe disse a mesma coisa. Ela é uma bruxa. Odeio ela.

— Minha mãe também é uma bruxa. Mas a mãe da Reiko é professora, né? Não deve abandonar o gatinho. A Reiko deveria ter levado os três para casa. Afinal, foi ela que achou.

— É, ela deveria ter ficado com os três — disse Megumi, aliviada por ter encontrado a amiga.

Mami se levantou secando as lágrimas com a manga da roupa.

— Já vou indo. Tenho que treinar piano, senão vou levar outra bronca da minha mãe.

— Também já vou indo.

Megumi não queria ficar sozinha, então deixou o gato na caixa de papelão. Yuki miava com todas as forças ao lado do outro filhote.

— Me desculpe, gatinho. Tchau.

Mami saiu correndo.

Megumi correu dali logo em seguida. A caixa de papelão e o terreno baldio desapareceram do seu campo de visão. Um pouco mais à frente, despediu-se da amiga e voltou para casa.

Sua mãe estava na cozinha.

— Onde deixou o gatinho? — perguntou ela tranquilamente, sem se virar.

— No terreno baldio da esquina. Onde tem um pé de cerejeira.

— Ah, tá. Tem lição de casa? Termine antes da janta.

— Está bem.

Megumi foi depressa para a sala. Achava que levaria outra bronca, mas a voz da mãe estava calma, o que a deixava mais nervosa. "Não vou mais falar do gatinho. E vou fazer a lição de casa sem reclamar."

No jantar, a mãe já estava normal. Criticou Megumi quando percebeu que a garota tinha deixado cenoura no prato e estava demorando demais para terminar, e deu bronca quando os irmãos brigaram por causa da TV. Megumi ainda estava um pouco preocupada com Yuki, mas, ao se lembrar que tinha uma apresentação de flauta na escola no dia seguinte, sua aflição pelo gato logo foi substituída pela ansiedade. Também queria muito ver desenho, mas, como precisava praticar, tocou a flauta com os olhos marejados.

O pai trabalhava no turno da noite, e Megumi só o via nos finais de semana. Nos outros dias, passava mais tempo com a mãe e o irmão. Jantavam juntos e tomavam banho juntos. À noite, dormia com o irmão no colchão estendido no chão do quarto de tatame quando ouviu um ruído e acordou.

"Que barulho foi esse?" O irmãozinho tinha chutado toda a coberta durante o sono. "Será que foi só impressão minha?" Ela fechou os olhos de novo. Ouviu outro ruído, dessa vez mais nítido. Era a porta de entrada sendo fechada. A casa era velha, e a porta fazia um barulho tão alto que dava para ouvir do segundo andar. Alguém havia entrado.

"Será que o papai chegou?" Megumi espiou da janela, mas estava escuro e ela não viu nada. Sentiu um arrepio e quis ir ao banheiro. Desceu a escada esfregando os olhos, sonolenta.

A iluminação do primeiro andar era fraca. Na salinha ao lado da escada, a mãe estava prostrada na mesa com o rosto entre os braços.

— Mãe... — disse Megumi.

A mãe levantou a cabeça num pulo, os ombros tremendo ligeiramente. Estava escuro e não dava para ver direito seu rosto, mas ela o enxugou com a mão.

— Ah... Que foi? Vai ao banheiro?

— É...

Era sua mãe, mas estava um pouco diferente. Parecia triste e a sua voz soava fraca. Megumi ficou apreensiva. Tinha medo de que a mãe quisesse ir embora.

— O que foi, mãe?

— Hã? Nada. Pare de falar bobagem e vai dormir. Se o seu irmão estiver descoberto, cubra ele. Você é mais velha, tem que tomar conta dele — disse a mãe, no tom rápido e ríspido de sempre.

Megumi ficou aliviada, mas ao mesmo tempo com raiva. Para sua mãe, tudo era bobagem. Ela sempre menosprezava tudo o que a filha falava.

Megumi foi ao banheiro e depois voltou para o quarto. Yoshihito dormia com a barriga de fora, mas ela o ignorou de propósito.

"Odeio a minha mãe. Ela nunca ouve o que eu falo e está sempre brava!"

Megumi se cobriu e fechou os olhos com força.

— E o gatinho? O que aconteceu com ele? — pergunta Aoba, hesitante. Megumi sente um aperto no peito.

O gato que estava na caixa de transporte lambia a pata. Seu corpo era pequeno, mas as patas eram grandes. Esse contraste deixava Megumi aflita. O gatinho provavelmente nota a presença de gente na sala, então para de se lamber e observa as pessoas à volta com um olhar ingênuo, de quem não desconfia de nada.

Com certeza não era Yuki. Fazia mais de trinta anos que o levara para casa e logo em seguida o abandonara. Mesmo assim, era idêntico. Pelos brancos. Uma manchinha preta em uma das orelhas. Olhos azul-acinzentados.

Por que tinha se esquecido de Yuki? Do que tinha feito com ele naquele dia? Do quanto fora cruel?

— Não lembro direito o que aconteceu depois. Mas acho que me esqueci dele logo em seguida. Não lembro o que as minhas amigas fizeram. Não sei o que aconteceu com os gatinhos — responde Megumi, absorta em pensamentos.

Ela era apenas uma criança e se esqueceu dos gatinhos. Nem pensou em voltar ao terreno baldio depois. Pelo menos não se lembrava de ter voltado.

Como foi insensível, ignorante e irresponsável! Ao recordar da situação de sua família naquela época, compreendeu a fúria de sua mãe.

Hoje ela entende o que a mãe fez naquela noite. Ela foi ao terreno baldio sozinha para ver o gatinho que a filha abandonara. Sua mãe sabia que não tinham condições de criá-lo. Não tinha como salvá-lo. No entanto, não podia deixar de ir lá ver como ele estava dentro daquela caixa de papelão. Não conseguiu ignorá-lo. Não como mãe, mas como ser humano.

O gato dentro da caixa de transporte mia à sua frente, assim como os filhotes miaram naquele dia, sozinhos, com fome e frio. Megumi não entendia como as coisas eram difíceis na época, então levara um deles para casa. Tinha boas intenções, mas só agora percebia o quanto fora ingênua.

O médico, que ouvia em silêncio, levanta a caixa e a vira para si, abrindo a portinha.

— O efeito desse gato é imediato — diz ele, pegando o bichano. Segura a barriga com uma das mãos e a base das patas traseiras com a outra. — Tem que segurar o gatinho desse jeito. Como o corpo dele é mole, tem que segurar com firmeza, sem hesitar. Pode pegar.

Megumi fica confusa. O médico é muito delicado, e, quando ela percebe, o gato está no seu colo. Ele é pequeno e quentinho, um pouco maior do que Yuki. Apesar de ainda ser um filhotinho, seu corpo é firme.

No entanto, o gato logo fica agitado. Parece desconfortável.

— O que eu faço? Ele vai cair...

— Pode segurar com mais firmeza.

— Mas...

O gatinho tenta fugir, incontrolável. Os pelos brancos e finos parecem mais uma espiga de milho do que a penugem de um dente-de-leão.

— Mãe, deixa eu pegar.

Aoba estende as mãos, mas Megumi a repreende. Sua filha não ia conseguir segurar um gato agitado como aquele.

— Não, você vai deixá-lo cair no chão.

Porém ela mesma não consegue segurá-lo direito e está aflita. O gatinho se contorce, com as unhas cravadas na roupa de Megumi.

— Oh, não!

O gatinho escapa das suas mãos, mas Aoba consegue apanhá-lo com facilidade.

— Peguei! Ele é fofo demais! E é muito pequenininho. Ei, fique quietinho. — Ela o segura com as duas mãos e o aperta contra o peito. — Dr. Nike, é assim que tem que segurar?

— É assim mesmo. Você leva jeito — diz o médico, sorrindo.

Aoba abre um grande sorriso e olha para o filhote.

— Que bonitinho. Parece um bebê. É tão pequenininho que dá até medo — comenta a garota, segurando-o com firmeza, sem hesitar. O gato, que até então estava amedrontado, olha para Aoba com curiosidade. Ele começa a lamber a mão dela. — Ei! A língua é áspera! Mãe, a língua do gatinho é esquisita!

Megumi se assusta ao ver o sorriso da filha. Há quanto tempo não a via sorrir?

Mas não foi só o sorriso que a surpreendeu. Megumi pensou que a filha não fosse capaz de segurar o gato, mas a garota tinha muito mais jeito do que a mãe. O gatinho até ficou mais calmo. Como Aoba ainda era criança, Megumi achou que a filha não conseguiria lidar com o animal, mas o gato confiava mais na garota do que nela, uma adulta.

— Mãe, talvez esse gatinho seja filhote do Yuki. São bem parecidos, né? — diz Aoba, aproximando a ponta do seu nariz do focinho do bichano.

"Não, não é possível. Não diga bobagem."

Essa normalmente teria sido a resposta de Megumi. Mas sua filha é apenas uma criança inocente, não consegue imaginar o fim trágico que Yuki deve ter tido depois do abandono. Mesmo que um milagre tenha acontecido, o gatinho que está ali não deve ter qualquer relação com Yuki.

Teria sido maravilhoso se alguém tivesse adotado Yuki. No entanto, milagres assim não acontecem. Provavelmente não aconteceu.

— É... Talvez seja filhotinho do Yuki... — responde Megumi serenamente enquanto reprime as lágrimas.

Ela faz o que sua mãe fez naquela noite: engole a tristeza e não chora na frente da filha.

— É, né?! — diz Aoba alegremente. — Deve ser, sim! Dr. Nike, será que é o filhotinho do Yuki?

— Bom, eu não sei — responde o dr. Nike, fazendo-se de desentendido. — Gatos são audaciosos, frágeis e têm vida curta se comparado aos humanos, mas eles se multiplicam, morrem e pode acontecer de voltarem.

— Hã? O que o senhor quer dizer? — Aoba inclina a cabeça.

— Bom, o que será que eu quero dizer? — O médico sorri. — E a senhora, está se sentindo bem? Está tonta, enjoada...?

— Hã? Bem, não — responde Megumi, desconfiada.

"Que médico esquisito. Só fica sorrindo e não diz coisa com coisa."

— É mesmo? Que bom. Pelo jeito, o gatinho foi eficaz. A maioria dos problemas se resolve com um gato. Mas para eu poder receitar o gato, o paciente precisa vir a esta clínica e abrir a porta sozinho. Seria bom se todos a abrissem e entrassem como a senhora fez, mesmo sentindo que ela é um pouco pesada. Caso contrário, ficamos aqui esperando para sempre.

— Hum... — Megumi continua sem entender nada.

— E qual era o seu problema mesmo? — pergunta o médico, olhando para Aoba. — Em qual grupinho entrar?

— Isso! — responde a menina com vigor, enquanto segura o gatinho com cuidado.

— É fácil. — O médio assente. — Basta entrar no grupinho que tem a líder mais forte. Um líder forte tem rosto grande. É só você escolher a líder que tem o maior rosto e o queixo mais largo.

— Queixo? — Aoba franze a testa.

— É. Rosto grande, com olhos, nariz e boca que chamam atenção. Qual das líderes tem o maior rosto?

Aoba solta uma risada.

— Bem, a Rena tem o maior rosto.

— Então entre no grupo da Rena. Certo, como não estão manifestando efeitos colaterais, acho que podem ir embora. Posso guardá-lo?

O médico estende a mão. Relutante, Aoba devolve o gato.

— Dr. Nike, esse gatinho é seu? — pergunta a garota.

— Não. É um dos filhotes que uma gata teve. Como ela teve muitos, os donos estão procurando pessoas que queiram adotá--los. Acho que vão anunciar na internet. Como são filhotes, logo deve aparecer alguém interessado.

O médico coloca o gatinho, que não parava de miar, na caixa.

— Melhoras — diz ele, sorrindo.

Apesar de estar sorrindo, seu tom é impassível.

"Ué, então já acabamos aqui?" Megumi sente um vazio no coração, uma sensação de perda, como se um buraco tivesse surgido em seu peito.

— Mãe, podemos ficar com esse gatinho? — pergunta Aoba, olhando para ela, como se pensasse a mesma coisa.

Megumi sente um nó na garganta ao ouvir o pedido da filha. Agora que é adulta, tem noção do quanto é trabalhoso cuidar de um filhote de gato. Sua mãe provavelmente estava certa, não teria conseguido cuidar de Yuki naquela época.

Contudo, ela se deu conta de algo importante: precisava ouvir com atenção o que a filha dizia e tentar compreendê-la. Se não fizesse isso agora, mergulharia de novo nas preocupações do dia a dia e nada mudaria entre as duas. Só porque ela não foi capaz de cuidar de um gatinho na infância, não queria dizer que Aoba também não era.

Megumi pergunta ao médico:

— Doutor, daria muito trabalho cuidar desse gatinho? Ele consegue comer sozinho? Tem que ter alguém vinte e quatro horas por perto?

— Bem, ele tem dois meses e meio. Consegue comer um pouco de alimento sólido, mas ainda come ração líquida, tem que mudar aos poucos para a normal. Ele precisa comer três vezes por dia, então é preciso ficar de olho. Agora ele está quieto, mas normalmente é mais ativo. Dá trabalho. Todo gato dá trabalho.

— Três vezes por dia...

Ela conseguiria voltar para casa na hora do almoço? Conseguiria dar comida pela manhã, no horário mais agitado? Conseguiria dar atenção à noite, quando estivesse ocupada arrumando a cozinha depois do jantar?

Não conseguia chegar a nenhuma conclusão. É preciso tempo e paciência para criar um filhote. Não seria fácil. Megumi ficou pensativa.

— Mãe, vou me esforçar — diz a filha, segurando delicadamente a mão de Megumi. — Eu cuido do gatinho. Volto direto da escola e acordo de manhã cedo. Eu fico de olho nele. Eu cuido.

Aoba parece bastante séria. No entanto, mesmo que esteja sendo sincera, seria impossível.

— Acho melhor não. Vai sobrar para a senhora — diz o médico, rindo.

Ele tem razão. Megumi balança a cabeça e morde o lábio. "Me desculpe, Yuki. Desculpe por ter abandonado você. Desculpe de verdade."

— Doutor, podemos ficar com o gatinho? — indaga Megumi. — Vamos cuidar direitinho. Vamos dar bastante carinho e atenção.

— Mas... — diz o médico.

— Por favor, doutor — insiste Megumi, de pé, se curvando diante do médico.

— Dizem que gatos são volúveis — comenta o médico tranquilamente. — Mas, na verdade, os humanos é que são.

Megumi continua com o corpo curvado e não consegue ver o rosto do médico, mas sente que ele consegue enxergar os seus sentimentos mais profundos.

Aoba se levanta da cadeira.

— Dr. Nike, eu me responsabilizo. Vou cuidar do gatinho. Por favor, deixa a gente ficar com ele. — A garota também se curva ao lado da mãe.

— Sério? Então podem levar — concorda o médico. — Perguntem na recepção quais os cuidados necessários. E se não conseguirem cuidar dele, voltem aqui.

O médico aproxima o rosto da caixa, e o gatinho, que estava deitado, levanta a ponta do nariz. Os dois se entreolham.

— Vai com elas — diz o médico. — Não se preocupe. Você sempre terá um lugar para voltar.

Parecia que o gato e o médico estavam realmente se comunicando. Então o dr. Nike entrega a caixa a Aoba, que a segura firme.

Ao saírem do consultório, a enfermeira as chama da portinhola da recepção. Ela continua tratando-as com antipatia.

— O que é isso? — pergunta Megumi ao pegar a sacola.

— São os acessórios do gato. Só tem os itens básicos. Compre o que estiver faltando. Tem alguma clínica veterinária perto da sua casa? Acho melhor procurarem por uma que tenha atendimento noturno.

— Ah, tem a Clínica Suda, que tem atendimento emergencial. Eu vi o aviso na recepção. Conhece? Fomos lá por engano antes de vir aqui.

— Ah, sim... — A enfermeira baixa os olhos. — Conheço, sim. É a clínica do dr. Kokoro. Ele nos ajudou bastante. Se falar com ele, poderia dizer que a Chitose mandou lembranças? Enfim, melhoras.

A expressão da enfermeira ainda era antipática, mas seu tom de voz soou um pouco melancólico.

Megumi não diz nada. Talvez seja melhor mesmo perguntar para um especialista como cuidar do gato. Voltará à Clínica Veterinária Suda no dia seguinte.

Ao saírem da clínica, o corredor escuro continuava silencioso.

— Mãe, lembrei — diz Aoba, carregando a caixa. — Com quem a enfermeira se parece.

— Hã?

— Com a mulher que vi na aula de dança da Kazusa. Como é o nome... dança tradicional japonesa? Fui ver o ensaio uma vez, e a mulher estava lá. O cabelo dela estava preso igual ao das aprendizes de gueixa, das *maiko*, e ela usava um quimono de verão. A enfermeira é bem parecida com ela.

— Quê? — Megumi abre um sorriso tímido. Estava pronta para dizer "pare de falar bobagem". No entanto, apenas pergunta:
— Será que *maiko* pode ser enfermeira?
— Ah, não sei. Mas é muito parecida. Será que era ela? — questiona Aoba, inclinando a cabeça.

Um homem vem da extremidade do corredor. Ele usa uma camisa chamativa e tem uma aparência amedrontadora.

Megumi desvia o olhar para não encará-lo. No entanto, quando passa pelas duas, ele as fita descaradamente. Megumi não quer arrumar confusão, então faz sinal para a filha para saírem imediatamente. Mas o homem se dirige a elas:

— Vocês pretendem alugar essa sala vazia? — pergunta ele, com a testa franzida e uma expressão desconfiada. Seu jeito é grosseiro, mas ele parece realmente preocupado.

Megumi fica confusa. Ele estava se referindo à clínica de onde haviam acabado de sair? Como assim "vazia"?

— Não, aqui não está vazio. É uma clínica psiquiátrica.
— Que nada, essa sala está vaga há anos. Há boatos sobre ela. Ninguém fica aí por muito tempo. As pessoas alugam, mas logo saem.

— Mãe, o que é "boato"? — questiona Aoba, com uma expressão ingênua.

— Garotinha, já ouviu falar de lugares mal-assombrados? — pergunta o homem com um sorriso malicioso. — Aconteceu uma tragédia aí, agora fantasmas vivem nessa sala.

— Fantasmas?

— É. As pessoas ouvem vozes e veem vultos aí dentro. Se vocês alugarem a sala, não quero ouvir reclamações depois. Não me venham dizer: "Por que não me avisou?" Estou avisando.

O homem vira as costas e entra na sala ao lado. Megumi estica o pescoço para ler a placa afixada à porta: "Associação Japonesa de Segurança e Saúde em Primeiro Lugar". Muito suspeito.

— Mãe... fantasmas? — diz a filha, preocupada.
— Deve ser brincadeira. — Megumi ri. — Que homem esquisito. Vamos para casa? O seu irmão já deve ter chegado. E temos que dar comida para o gatinho.
— Tá bom! — responde a filha com uma expressão radiante e os olhos vidrados na caixa que carrega com muito cuidado. — Como ele é filhote do Yuki, podemos chamar de Koyuki, "pequeno Yuki", né, mãe?
Megumi assente, sem dizer nada. Não seria fácil nos primeiros dias. Estava preocupada e com medo. "Mas vou me esforçar junto com a minha filha."
— Aoba, pode me contar de novo sobre os grupinhos?
— Por quê? Já contei várias vezes — responde Aoba, com a testa franzida.
— É mesmo? Mas me conta de novo. Vou prestar atenção dessa vez.
— Tá bom... — Ela solta um suspiro, impaciente. Em seguida olha para a mãe de soslaio. — Mas só se você me contar sobre o grupo de mães.
— Como assim?
— É que toda vez que tem o encontro das mães, você fica com uma cara triste. Você não gosta de ir, né?
Megumi fica surpresa com a percepção da filha. Aoba sabia exatamente o que ela sentia.
— Que isso, filha?! Você está enganada.
— Bom, não tem jeito. A gente precisa lidar com os grupinhos da minha turma e com o grupo de mães. Não dá para ignorar todo mundo. Ei, Koyuki, não é fácil a vida dos humanos — diz Aoba ao gatinho dentro da caixa.
Ela começa a andar sem esperar a mãe.
Megumi fica boquiaberta. De costas, Aoba parecia apenas uma criança. Pelo jeito, meninas crescem muito rápido.

— Mãe, vem logo! — chama a garota, à espera na esquina da rua estreita ladeada por prédios.

Um pouco atordoada, Megumi se aproxima da filha e do gatinho, o novo integrante da família.

O presidente — e único funcionário — da "Associação Japonesa de Segurança e Saúde em Primeiro Lugar", Akira Shiina, sobe a escada tranquilamente rumo ao quinto andar. Afinal, ele é o presidente de uma empresa que prioriza a saúde. Nunca perde a oportunidade de se exercitar e comprovar os efeitos do colar magnético de rejuvenescimento, um dos produtos que sua empresa vende.

Já tem quase quarenta anos, mas sua pele é lustrosa e o corpo, tonificado. Como as vendas do colar magnético estavam indo bem, já podia planejar sua mudança desse prédio velho e expandir os negócios. O prédio comercial, conhecido como Nakagyō Building, ficava num beco escondido, era escuro e, ainda por cima, não tinha elevador.

Para completar, a sala vizinha era assombrada. Dois anos antes, quando alugou o escritório, não percebeu nada fora do normal. Contudo, quando subiu até o quinto andar pela primeira vez, sentiu um odor desagradável. Os inquilinos alugavam a sala, mas logo saíam. Shiina suspeitava que os boatos fossem verdadeiros.

Às vezes, alguém aparecia para visitar a sala. Ele ouvia ruídos e sentia a presença de pessoas. Chegou a se deparar com algumas delas na frente da porta. E não pareciam agentes imobiliários nem funcionários de alguma empresa interessada em alugar o imóvel.

"Que sala assustadora", murmura Shiina enquanto sobe a escada. A mãe e a filha que encontrou da última vez disseram que era uma clínica. Sabia que estava sendo intrometido, mas resolveu avisá-las mesmo assim. A menina, que devia ter no máximo dez anos, carregava uma caixa de transporte para animais. Ele conseguiu ver um pequeno gato branco lá dentro.

Shiina soube pela imobiliária o que acontecera naquela sala. Por isso ficou arrepiado quando viu o animalzinho. Estaria outra tragédia acontecendo lá dentro? Se estivesse mesmo, não podia continuar nesse prédio. Nem gostava de animais, mas sentiu náuseas quando soube das atrocidades praticadas pelo criador de gatos inescrupuloso.

Ele sobe até o quinto andar e segue para o seu escritório, no fim do corredor. Em frente à porta ao lado da sala assombrada, há uma mulher parada. Shiina sente calafrios. Ela é magra e pálida, lembra um salgueiro. Quando passa por ela, ele nota que o cabelo da mulher está preso em um coque alto. Parece uma gueixa.

"Que bonita!"

Enquanto abre a porta, ele a observa de soslaio. A mulher tem feições delicadas, e Shiina a acha atraente. Ela olhava para baixo com uma expressão sombria.

Ele entra no escritório, mas antes de fechar a porta ouve a mulher dizer com a voz vacilante e embargada:

— Volte, Chii, volte...

— Que medo! — solta Shiina, sentindo um arrepio nos ombros quando a porta se fecha.

"Tem algo muito errado com essa sala..." E o seu escritório podia acabar absorvendo as más energias.

Shiina começa a pensar seriamente em sair dali.

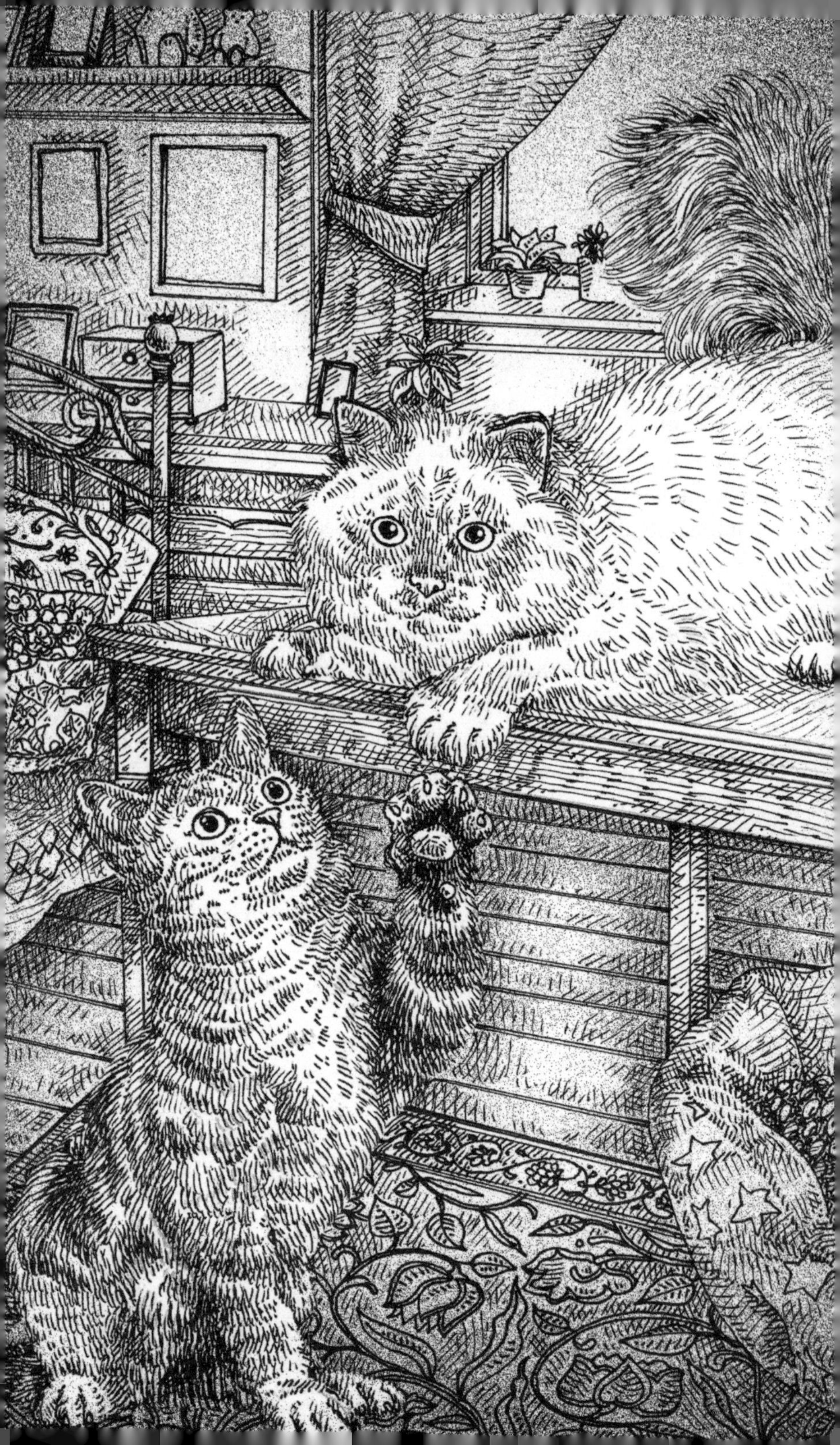

CAPÍTULO QUATRO

— Não aguento mais — disse a assistente júnior, com os olhos, cheios de lágrimas.

De novo? Tomoka Takamine franziu as sobrancelhas. Odiava conversar com gente emotiva. Era perda de tempo, e, além disso, ela não tinha a menor intenção de consolá-la.

Estavam no ateliê que ocupava o segundo andar da espaçosa loja onde as bolsas criadas por Tomoka eram expostas. Toda a produção era feita ali, e as assistentes recebiam um bom salário, então se queixavam por puro capricho.

— Também não aguento mais — afirmou a assistente administrativa.

As duas tinham pouco mais de vinte anos. Estudaram design e queriam trabalhar com Tomoka, então foram atrás dela. Mas era só exigir um pouco mais que logo falavam em desistir. Estava farta disso.

No entanto, se as duas pedissem demissão ao mesmo tempo, Tomoka ficaria em maus lençóis. Além da produção em larga escala, tinha que atender aos pedidos personalizados dos clientes e estava sob pressão para cumprir os prazos.

Ela suspirou. Tentaria fazê-las mudar de ideia. Fez que ia abrir a boca, mas a assistente sênior, que a ajudava com os designs, foi mais rápida:

— Também não aguento mais.

— Hã? — Tomoka tomou um susto. Até ela? — Ei, espere. Como assim?

— Não consigo mais acompanhar o seu perfeccionismo, sra. Tomoka. Estou pedindo demissão. Não conte mais comigo a partir de hoje.

— Hoje? Sem mais nem menos?
— Se ela vai sair, eu também saio — disse a assistente júnior.
— Eu também! — exclamou a assistente administrativa.

As três foram embora do escritório antes que Tomoka pudesse contestar. Ficou sem reação, olhando seu reflexo na parede envidraçada.

— E agora? — perguntou Junko, sua sócia, enquanto entrava na sala. — Não vamos dar conta do trabalho sem as três. O que a gente faz? Pede desculpa e implora para voltarem?

Tomoka ficou irritada com aquela sugestão.

— Não vou pedir desculpa! Elas não fazem nada direito, são muito irresponsáveis.

— Talvez você tenha razão, mas realmente ninguém consegue acompanhar o seu perfeccionismo, Tomoka.

Tomoka e Junko se conheciam desde a época da faculdade. Ambas sonhavam em trabalhar com design, mas Junko desistira no meio do caminho. Quando decidiram abrir uma empresa, Junko ficou encarregada da administração e das finanças, pois tinha talento para isso. Aos vinte e nove anos, inauguraram a loja em Quioto. Quase três anos tinham se passado desde então.

Após a movimentada avenida Shijō, no distrito de Shimogyō, surgiam lojas e prédios menores. A loja de bolsas de Tomoka ficava na avenida Sakaimachi. Era perto de Shinkyōgoku, onde havia muitos estabelecimentos voltados para o público jovem. Ali perto, havia a tradicional loja de departamento Daimaru de Quioto. A loja de Tomoka estava ficando conhecida, e muitas pessoas a visitavam quando iam passear por aquelas ruas. O número de clientes fiéis que vinham de longe estava aumentando aos poucos.

Era tudo resultado do seu esforço: trabalhava até tarde da noite para criar bons produtos. Não era questão de perfeccionismo.

— Não espero que as funcionárias sejam perfeitas. Só quero que trabalhem direito. Qual o problema em ser exigente com as matérias-primas e os processos de produção? O trabalho delas é reduzir o custo e adquirir os materiais em curto prazo. Coisas que qualquer um consegue fazer... — argumentava Tomoka com veemência, até que sentiu uma pontada no estômago.

Ao ver a sócia se curvar, Junko disse:

— Olhe só! Você mesma sofre querendo fazer tudo perfeito. Você se esforça, mas ultimamente o tiro só sai pela culatra. É melhor relaxar um pouco!

— Relaxar? O que está dizendo? Se eu tirar folga, uma loja pequena como a nossa vai falir.

— Não estou falando para você tirar folga. Que tal ir ao médico? Você parece estar com problemas de saúde, acho melhor procurar ajuda. Sabe a dona daquela loja em Gion, que encomendou três bolsas? A conhecida dela, aquela que é *mama* de um clube noturno, se interessou pelas suas bolsas, lembra? Parece que a manicure dessa *mama* se consultou com um psiquiatra muito bom. Quer o contato dele? Só para espairecer um pouco?

— Que negócio é esse de conhecido de conhecido? Médico? Psiquiatra é o que cuida da cabeça?

— É. Se não me engano, a clínica dele fica aqui perto. Acho que você vai se sentir mais leve depois de conversar com um profissional.

"Estou sendo chamada de neurótica?" Tomoka se sentiu ofendida. Porém, pensando bem, ela de fato estava com dor de estômago e três funcionárias tinham acabado de pedir demissão. Quem ia ter o trabalho de contratar novos funcionários era sua sócia. Quando se deu conta disso, não conseguiu ignorar a opinião da amiga.

— Está bem — disse, resignada. — Onde fica essa clínica?

— Por isso estou aqui.

Tomoka levantou o rosto. Estava nervosa diante do psiquiatra. Mas, acima de tudo, furiosa.

O consultório era minúsculo. Se estendesse a mão, seria capaz de tocar o médico sentado à sua frente. Ele balançava o corpo e soluçava.

— *Hic!* Entendi. *Hic!* Então... *Hic!* Foi isso que aconteceu?

O sujeito exibia um sorriso largo, seus olhos estavam marejados e a boca, semiaberta.

"Essa é mesmo a tal clínica psiquiátrica renomada? O médico está visivelmente embriagado..."

— Doutor, o senhor bebeu? Está bêbado, né?

— Claro que não. — Ele riu alto. — Não tomei nenhuma bebida alcoólica, só chá. Chá de *matatabi*. Só tomei um pouquinho, mas é bem forte... Qual o seu sobrenome mesmo?

— É Takamine. O senhor ouviu o que eu disse?

— Claro que ouvi! Sra. Takamine, aceita um chá de *matatabi*?

— Não, muito obrigada. Não tomo nada de procedência desconhecida.

— Não diga isso. É uma delícia! Se tomar, vai se sentir relaxada. Sra. Chitose, poderia trazer uma xícara de chá para a paciente? — solicitou o médico, virando-se para a cortina.

A enfermeira entrou e deixou a xícara sobre a mesa. Estava vazia. Tomoka franziu a testa. Tudo bem, ela disse que não queria, mas por que a xícara estava vazia?

— E... o chá?

— Ah, me desculpe. Parecia uma delícia, então tomei tudo — confessou a enfermeira, com uma risada estridente, e voltou para os fundos.

"Que clínica é essa? Estão de gozação com a minha cara?", pensou Tomoka, pasma.

— Ah, me desculpe — disse o médico, depois de talvez ter recuperado a sobriedade. — Sra. Takamine, certo? Qual é o seu problema mesmo?

Tomoka ficou irritada. "Ele não ouviu nada do que eu disse. Mas já que estou aqui, vou fazer esse médico trabalhar."

— Eu já disse: quero saber o que devo fazer para tolerar pessoas desleixadas. Não quero perder a paciência toda vez que vejo pessoas irresponsáveis e relapsas. Por exemplo, médicos que não ouvem o que os pacientes dizem... Claro que não me refiro ao senhor. Como faço para não me irritar com esse tipo de gente? Sei muito bem que o importante é me manter firme e fazer tudo direito.

— Que estranho. — O médico riu, inclinando a cabeça.

— Estranho? — Tomoka não gostou daquilo. Sentiu que ele estava rindo dela.

— É que me parece que você não está fazendo nada direito. Quem está sendo relapsa é você.

Ele riu mais ainda. Tomoka ficou boquiaberta.

Ela sempre ouviu o contrário. Era a primeira vez que alguém a chamava de relapsa. O susto foi tão grande que Tomoka ficou sem reação.

— Hummm. Então vamos tentar um tratamento drástico? — sugeriu tranquilamente o médico. — Vou receitar um gato um pouco forte. Por duas semanas. Sra. Chitose, poderia trazê-lo? — pediu o médico em direção à cortina, mas ninguém respondeu.

— Sra. Chitose!

— Estou indo.

A enfermeira entrou. Na recepção, ela parecera bem antipática, mas agora estava sorridente e balançava a caixa de transporte que carregava nas mãos.

— Gato? Mais um gato? — disse ela.

— Sra. Chitose, quantas xícaras de chá de *matatabi* tomou?

— Quantas xícaras? Não sei, tem muitos gatos. Gatos em todo lugar. Me deixe em paz!

A enfermeira riu alto e saiu deixando a caixa.

— Poxa vida. Me desculpe. Como o paciente com hora marcada não vem, pensei em tomar só um pouco... Mas aí a senhora chegou sem agendamento. Os humanos sofrem por qualquer coisa, é incrível...

— Por qualquer coisa? — Tomoka revirou os olhos. — Doutor, o senhor disse isso mesmo?

— Não, não foi o que quis dizer... Assim não dá. Vamos ter que cortar o chá de *matatabi* por um tempo... Espere um pouco, por favor. Eu mesmo vou preparar os suprimentos.

O médico se levantou e foi para os fundos do consultório.

Tomoka ficou sozinha, sem entender o que estava acontecendo. Ao dar uma espiada na caixa em cima da mesa, levou um susto. Tinha um gato de verdade lá dentro.

Os olhos azul-claros eram límpidos e pareciam pedras preciosas. Os pelos finos e delicados eram brancos e as orelhas e a região em volta dos olhos, castanhas.

"Que gracinha!"

O bichano a olhava fixamente.

Ela soltou um suspiro inconsciente, encantada diante de tanta fofura. O felino colocou as patas dianteiras na porta da caixa.

Nas patas brancas e arredondadas, havia quatro almofadinhas rosa do tamanho de feijões-vermelhos miúdos e, no centro, um montículo que lembrava o monte Fuji. O corpo do gatinho era todo fofo, só as patas tinham consistência, durinhas.

O gato, que a observava fixamente com seus olhos azuis, moveu a ponta das patinhas. Ele parecia implorar para sair dali. Tomoka estendeu a mão para a caixa. Estava prestes a abri-la quando o médico voltou.

— Ué? O que está acontecendo?

— Ah, nada... Não fiz nada. Eu não ia tocar no gatinho sem permissão. Sou uma pessoa responsável. Aliás, o que eu faço com esse gato? O senhor acha que ele vai curar meus problemas?

— O gato? Curar? Claro que não! O gato não vai fazer nada. Ele só vai fazer o que der na telha. Mas dizem que gatos são a causa de todas as doenças. Ou será que é o contrário? Gatos são o melhor remédio? — ponderou o médico, inclinando a cabeça.

"Afinal, o gato é a causa de todas as doenças ou o melhor remédio? Ele está dizendo coisas opostas!"

— Será que eu ainda estou bêbado? Bom, seja como for, a maioria dos problemas se resolve com um gato. Aqui dentro tem os suprimentos e o manual de instruções. Leia com atenção quando chegar em casa. O efeito desse gato é imediato e muito forte. Não se assuste e não pense em desistir. A senhora vai se acostumar aos poucos... Sra. Takamine, está ouvindo o que estou dizendo?

Tomoka tomou um susto quando o médico chamou seu nome. Estava completamente absorta diante dos olhos azuis do bichano.

— S-Sim, claro que estou! Eu sempre escuto o que as pessoas dizem. Então posso ficar com esse gato por duas semanas?

— Pode, sim. Melhoras! — disse o médico, com um sorriso largo.

Quando saiu do consultório carregando a sacola de papel e a caixa de transporte, Tomoka deu de cara com a enfermeira dormindo de boca aberta na recepção. "Que desleixada! Ao contrário dessa aí, eu tomo o máximo de cuidado com a aparência e os modos."

Tomoka abre a sacola e encontra potinhos de má qualidade e ração de uma marca desconhecida. Ela pega o manual e dá uma lida rápida:

"Nome: Tank. Macho. Dois anos. Pelo curto americano. Alimento: quantidade adequada de ração de manhã e à noite. Água: fornecer regularmente. Limpeza das fezes e urina: quando necessário. Como é um gato bastante ativo, providencie um espaço amplo mesmo dentro de casa e remova objetos perigosos que estejam ao alcance dele. Reserve pelo menos trinta minutos por dia para exercícios. Se isso não for possível, providencie brinquedos para que o gato possa brincar sozinho."

Tomoka franziu as sobrancelhas. O gatinho que estava na caixa era muito peludo. Ela não entendia muito de gatos, mas tinha certeza de que aquele não era um pelo curto americano. Era nitidamente de outra raça.

— Como são irresponsáveis!

Ela encarou furiosa a enfermeira adormecida. Aquela ração, aquele manual, nada era confiável. "Eu mesma vou pesquisar e cuidar do gato direitinho!"

Quando o bichano arranhou a porta da caixa, as almofadinhas das patas ficaram visíveis.

— Ohhhh. — Tomoka suspirou. E voltou imediatamente para casa.

Passaram-se dez dias.

Tomoka e Junko discutiam com Mitsuki — a assistente sênior que Junko havia convencido a voltar — sobre a nova linha de produtos. Trocavam opiniões em volta da mesa onde estavam dispostos os esboços de bolsas de diversos modelos e preços.

— E se adicionarmos uma estampa de gato? — sugeriu baixinho Tomoka, enquanto olhava o esboço que ela mesma tinha feito.

Sem saber a quem Tomoka se dirigia, Junko e Mitsuki se entreolharam.

— De gato? — Junko inclinou a cabeça.

— É, de gato.

— Não é má ideia, mas foge um pouco do conceito da nova linha, não? A ideia não era uma bolsa para o dia a dia de mulheres de negócio? — questionou Junko, meio confusa.

Ao comparar os esboços, Tomoka se deu conta de que a sócia tinha razão. A ideia era criar uma bolsa de couro leve e macio em que coubessem documentos A4, com um toque diferente, como franjas ou borlas. Além das cores de praxe, teria uma edição limitada em rosa-salmão. A peça poderia ser usada tanto no trabalho como socialmente.

Ao acrescentar uma estampa de gato, ficaria informal demais e fugiria do conceito — e ela sabia muito bem disso.

— Isso — disse Tomoka. — Uma bolsa relativamente grande que possa ser usada no trabalho. Por exemplo, numa reunião de última hora. As mulheres geralmente carregam muitas coisas, mesmo no trabalho. Mas tem que ser elegante ao mesmo tempo.

— Então estamos de acordo — concluiu Junko. — Vamos tentar escolher entre esses modelos.

— Mas não dá para acrescentar uma estampa de gato? — sugeriu Tomoka em tom sério.

— Tomoka, você está bem? — perguntou Junko, inclinando a cabeça. — Quer mesmo acrescentar uma estampa de gato?

— Sra. Tomoka. — Mitsuki hesitou. — Uma bolsa estampada não fica descontraída demais para ambiente de trabalho? Ainda mais estampa de gato. É fofinho demais...

Fofinho demais. A assistente tinha razão. Tomoka mordeu o lábio, aborrecida.

— É, você está certa... Mas e se fizermos num tom sóbrio?

— Não dá — disse Junko.

— Também acho que não — concordou Mitsuki.

— Tá bom, entendi. — Tomoka franziu a testa ao ser contrariada pelas duas. — Então vamos continuar com o conceito de bolsa para mulheres de negócio.

Ela sabia que na nova linha não havia margem para adicionar esse tipo de estampa. Contudo, quando se distraía, começava a pensar no gatinho e a desenhar suas orelhas e patinhas no tablet.

Além disso, depois que o médico lhe receitou o gato, ela passou a notar como eles estão por toda parte: comerciais de TV, on-line, em vários produtos e acessórios. Nunca havia notado. De tanto pensar neles, até confundiu uma sacola de plástico branca enroscada no vaso de planta do escritório com um gato branco.

Junko parecia ter notado sua mudança repentina e levou um susto quando a viu se aproximar toda sorridente da sacola plástica. Depois que Mitsuki desceu para atender um cliente, perguntou:

— Ei, Tomoka. Você foi à clínica que recomendei outro dia?

— Fui, sim. É uma clínica bem esquisita. Tanto o médico quanto a enfermeira estavam bêbados. Ainda por cima me receitaram um gato, em vez de calmante...

— Bêbados? Receitaram um gato?

— É. Pensando bem, talvez essa seja a técnica deles para abalar o paciente. Mas comigo não funcionou. Não me deixo abalar por nada.

Nos dez dias anteriores, no entanto, Tomoka voltara cedo para casa depois de terminar as tarefas e fechar a loja. Naquele dia também se apressou e voltou correndo.

— Cheguei, Tan-tan! — chamou ela, tirando os sapatos de salto na entrada e correndo para a sala.

O belo gato de longa pelagem branca se aproximou com graciosidade, miando baixinho. O rabo castanho-escuro parecia um cachecol de pele. Assim que o viu, Tomoka ficou toda boba. Passara o dia inteiro pensando em Tank: deitado, comendo, se esticando para arranhar o brinquedo com as patas.

— Tan-tan! Vem com a mamãe.

Quando ela abriu os braços, foi surpreendida por uma voz firme:

— Tomoka, tem que lavar as mãos primeiro — disse Daigo de avental, espiando da cozinha.

Um cheiro apetitoso de comida tomava conta da casa.

— Oi, Daigo! Não foi trabalhar? — perguntou Tomoka.

— Ah, não. Ei, eu já disse! Tem que lavar as mãos antes de tocar no gato.

— Hum.

Emburrada, Tomoka lavou as mãos.

"Sempre faço as coisas direito. Não preciso que chamem a minha atenção. Hoje estava só um pouco distraída porque Tank é bonitinho demais."

— Tan-tan! Vem com a mamãe — chamou ela mais uma vez, e se deitou no tapete sem trocar de roupa.

Tank se aproximou lentamente. Visto daquele ângulo, deitada no chão, ele ficava ainda mais fofo. Tomoka ficou parada de propósito. Tank fungou desde os pés até a cabeça dela, devagar, se esfregando e cobrindo-a de pelo.

— Tan-tan! Me mostra as suas mãozinhas.

Ela pegou as patas brancas do gato. O dorso era roliço, parecia um punho fechado. Na base, havia as almofadinhas rosadas. Tomoka alisou-as com delicadeza.

Que sensação curiosa! Os coxins macios lembravam um silicone bastante elástico. Ou uma bala de goma. Era uma delícia tocar neles.

Tomoka fechou os olhos em êxtase.

— Tomoka, o jantar está pronto — anunciou Daigo.

— Já tô indo.

Ela escutou o aviso, mas não conseguiu se levantar — as almofadinhas de Tank eram fofas demais. O gato de repente encolheu as patas e se afastou com elegância, mostrando os quadris.

— Não, volte aqui, Tan-tan! Me deixa cheirar suas mãozinhas!

— Chega, Tomoka. Vem logo jantar — disse Daigo, perplexo.

Tank se encolheu na caminha feita de caixa de papelão e forrada com uma camiseta. Tomoka se sentou à mesa, contrariada. Daigo já tinha começado a comer.

— Acho melhor não se apegar tanto ao gato. Você vai ter que devolver ele, não é?

— Eu sei o que estou fazendo. Sempre penso em tudo — replicou Tomoka, de mau humor por aquele lembrete de algo que queria esquecer.

"Ele é bem mais irresponsável do que eu, e ainda quer me ensinar o que tenho que fazer..."

Os dois namoravam fazia cinco anos. Conheceram-se num pequeno restaurante onde ele trabalhava como cozinheiro. Começaram a conversar pouco depois de Tomoka começar a trabalhar como designer. Ambos sonhavam em ter o próprio negócio. Tomoka abrira o seu há alguns anos, já ele vivia mudando de emprego. No momento, trabalhava como cozinheiro em um restaurante; saía de casa à tarde e voltava de madrugada, ou seja, dormia durante o dia.

Resolveram morar juntos para passarem mais tempo um com o outro. Ela costumava dizer para todo mundo: "Daigo é organizado, gosta de cozinhar e cuidar da casa. Morar com ele é tranquilo, estou feliz do jeito que está." No entanto, era só de boca para fora.

— Ei, Daigo.

— Que foi?

— Você pensou naquilo que falei outro dia? De irmos visitar os meus pais juntos? Eles perguntaram quando vão conhecer o meu namorado. Só querem conhecer você, não é nada de mais, então pode ficar sossegado.

— Posso ir, sim — respondeu Daigo tranquilamente enquanto comia.

— Mesmo? — Tomoka arregalou os olhos. — Quando você pode?

— Posso ir quando você quiser. Como larguei meu emprego, tenho todo o tempo do mundo.

— É mesmo? Tem todo o tempo do mundo... Entendi...

Ele havia pedido demissão de novo.

Tomoka tomou a sopa de missô, estava uma delícia. O nabo estava macio e saboroso. Como era cozinheiro, tudo que ele preparava ficava gostoso. O único problema era que, apesar de ter quase quarenta anos, ele não se preocupava muito com o futuro. Desde que tinham se conhecido, ele mudara de emprego milhares de vezes. Começara a trabalhar naquele restaurante havia pouco tempo, e já pedira as contas...

Cada vez que o namorado largava um emprego, o coração de Tomoka doía mais. Ela tinha vinte e poucos anos quando começaram a namorar, e estava empolgada em realizar o seu sonho. Era otimista e não ligava muito para a falta de comprometimento dele. Porém, quando se deu conta, já estava com trinta e dois anos.

No fundo, queria que ele pensasse mais seriamente sobre o futuro. Se ele não conseguisse um emprego estável, os dois não poderiam pensar em se casar.

— Desculpe... — Daigo olhou para ela movendo só os olhos sobre a borda da tigela de arroz. — Vou procurar um emprego. Mas se não se importar com o fato de eu estar desempregado, posso ir na casa dos seus pais.

— Bem, você deve estar ocupado procurando trabalho... Pode ser em outro momento.

— Desculpe.

— Tudo bem.

Tomoka sorriu. Não conseguia ficar brava quando o via cabisbaixo. "Tudo bem, basta eu fazer as coisas direito. Tenho que aguentar firme. Vou fazer tudo certinho", pensou ela, tentando se reanimar.

— Então você pode ficar mais tempo em casa? Que bom, vai poder brincar bastante com o Tank.

— Mas ele dorme o dia inteiro... Ragdoll pelo jeito é uma raça bem tranquila. Parece um bichinho de pelúcia — disse Daigo, se virando para Tank, que estava enrolado na caminha de papelão.

Ele olhava para os dois jantando à mesa. A caixa de papelão parecia um sofá de luxo quando Tank se deitava nela.

O manual de instruções que o médico lhe entregara não fazia sentido. Tank obviamente não era um pelo curto americano. Havia outras raças com pelagem longa e macia e olhos azuis, mas os dois chegaram à conclusão de que ele era Ragdoll puro, um gato branco com manchas castanhas. Tank, no entanto, era mais bonito do que qualquer outro gato.

Ele era tranquilo, não corria nem subia em lugares altos. Só arranhava de vez em quando os brinquedos.

— Como o Tank é bonzinho! Quando li aquele manual, achei que fosse bem mais bagunceiro — comentou Daigo.

— É verdade. Podíamos adotar um gatinho como Tank: elegante, esperto e bonito — sugeriu Tomoka, olhando encantada para o gato.

As orelhas deles eram castanhas, com a borda marrom-escura. A região em volta dos olhos azuis, por sua vez, era marrom-clara. O focinho branco lembrava um marshmallow.

Tank parecia um marshmallow boiando sobre o chocolate quente. Tão doce que fazia quem o via se derreter.

— Ohhhh...

— Tomoka, você está suspirando de novo. — Daigo riu.

Ele estava desempregado agora, mas não era preguiçoso. Podiam viver muito bem só com a renda dela. Não havia nenhum problema. Ele mantinha o apartamento limpo e cuidava da aparência. Sua vida era perfeita.

No entanto, o que aquele médico dissera? "Que eu não estava fazendo nada direito? Eu faço tudo direito. Sempre fiz tudo certinho e vou continuar assim."

No dia seguinte, a cliente que estavam esperando chegou meia hora antes do horário combinado, o que atrapalhou Tomoka e Junko.

Ela tinha mais de cinquenta anos e era dona de uma loja em Gion especializada em roupas e bolsas. Adorava as bolsas de Tomoka e sempre fazia grandes encomendas. Como não podiam deixá-la esperando, pediram-na para subir até o escritório. Junko reuniu às pressas os esboços e amostras de tecido espalhados sobre a mesa.

— Não se preocupem. Vocês parecem bem ocupadas, é um bom sinal. Significa que os negócios estão dando certo.

A cliente falava com aquele sotaque delicado de Quioto, mas isso não significava que ela era uma pessoa delicada. As pessoas mais velhas da cidade diziam as piores coisas com um sorriso amável no rosto. Na verdade, com aquilo ela queria dizer que se as anfitriãs não estavam prontas para receber visita, não a respeitavam de verdade.

— Desculpe, sra. Kozue. Estava pensando em designs que combinam com a senhora, nem vi o tempo passar.

— É mesmo? — Kozue pegou uma das folhas espalhadas sobre a mesa. — Que bonitinho! Você faz desenhos graciosos como esse, Takamine?

A sra. Kozue pegou um esboço de Tank que Tomoka havia feito distraidamente. Era um desenho simples, mas que captava bem as características do gato, sem ser excessivamente meigo. Desde que passara a cuidar de um, sua mão tracejava bichanos de forma espontânea. Quando rabiscava sem pensar muito, só desenhava gatos.

— Ah, é só um esboço...

— Que gracinha — continuou a cliente. — Estava pensando em encomendar mais algumas bolsas daquele modelo que pedi da outra vez, mas em tamanhos diferentes. Será que teria como adicionar esse desenho de gato? Só não quero que fique infantil demais nem informal demais.

— Então que tal um detalhe em couro ou uma bolsinha removível com a estampa de gato com acabamento em *hot stamping*? O fecho metálico pode ser cinza-escuro, dando um toque retrô.

— Gostei. Muitas gueixas de Gion gostam de gatos, elas vão adorar! Falando nisso, tenho uma amiga que gosta de gatos e gostou das suas bolsas, Tomoka. Posso trazê-la aqui da próxima vez?

— Claro!

Nesse momento, Junko voltou com as amostras de bolsas. Kozue as analisou, fez mais pedidos e foi embora.

— Que constrangedor, né? — disse Junko, rindo.

— É verdade. O Tank me salvou. A sra. Kozue é uma boa cliente, mas deveria vir no horário combinado. Chegou do nada e ainda disse para não nos preocuparmos com a bagunça... Ela acha que estamos à disposição dela?

— Na verdade... — disse Mitsuki, receosa. — A sra. Kozue tinha ligado. Ela pediu para vir mais cedo.

— Você esqueceu de nos avisar?

— Desculpe. Estou sobrecarregada depois que a assistente administrativa pediu demissão. Como atendi a ligação enquanto fazia outra coisa, acabei esquecendo...

"Acabou esquecendo? Seja mais cuidadosa!"

Quando Tomoka ia chamar a atenção da assistente, Junko interveio:

— Que bom que vai poder usar seu gatinho como modelo dos produtos, Tomoka! Não quer fazer algumas versões? E se o adotarmos como mascote da loja?

— Acho uma ótima ideia. Gatos estão na moda ultimamente — disse Mitsuki, como se nada tivesse acontecido.

Tomoka já achava Mitsuki meio leviana. Quando as outras funcionárias se queixaram, ela aproveitara a chance e pedira demissão. Apesar de ter concordado em voltar logo em seguida, vivia inventando desculpas para seus erros. "A vida deve ser fácil para alguém irresponsável assim, mas não posso viver como ela", pensou Tomoka.

— Algumas versões? — murmurou Tomoka, e olhou os rascunhos de gato que ela mesma tinha feito.

Todos eram só do rosto, sem coloração. Se fosse mesmo usar a estampa na bolsa, teria que preparar um desenho mais caprichado e depois digitalizá-lo para editar a imagem.

Tank tinha sido tranquilo desde o primeiro dia. Gostava de subir no colo para pedir carinho e tinha movimentos vagarosos. Não tentava fugir nem quando alguém o pegava e deixava qualquer um acariciar seus pelos por horas, como se fosse uma almofada. Só de se lembrar daquela sensação, Tomoka esboçava um sorriso involuntário.

Quando Mitsuki desceu para o primeiro andar, Junko disse:

— Tomoka, quanto amor!

— Hã? Do que está falando?

— Do gato, ora essa. Você está toda boba. É o gato que você pegou naquela clínica? Você gosta muito dele, né?

Tomoka ficou corada; sua sócia acertara em cheio. Ela não achou que estivesse deixando transparecer, mas pelo jeito não conseguia esconder sua afeição pelo gato.

— Bem, depois que comecei a cuidar dele, percebi que até que é bonitinho...

Junko ficaria perplexa se visse o modo como ela bajulava o gato em casa.

— Tem foto?

— Tenho, sim.

Lógico que tinha. Ela mostrou a tela do celular para Junko. A sócia sorriu, mas ficou impressionada com a quantidade de fotos.

— Tudo isso!? Mas não é tudo igual?

— Hã? É óbvio que não. Como são diferentes, acabo tendo várias inspirações para minhas criações. Olha só esses olhinhos azuis, são fofos demais...

— Tá bom, tá bom. Não sabia que você gostava tanto de gato. Eu não achava que você, sempre tão metódica, ia querer ter bichos de estimação.

— Tank é bem tranquilo. E quem cuida é... — Tomoka ia falar Daigo, mas engoliu a palavra.

Enquanto ela se encarregava de brincar com o gato, Daigo se encarregava de cuidar dele. Afinal, estava desempregado.

Junko sabia do seu namoro de longa data com Daigo, que vivia mudando de emprego. Sabia também que a relação estava estagnada e que, por isso, a amiga ficava aflita. Como não queria preocupar a sócia, Tomoka decidiu não contar que Daigo tinha largado o emprego outra vez.

Disfarçou e mudou de assunto. Se ela trabalhasse bastante, não teria que se preocupar com a falta de emprego do namorado. Mas, para isso, precisava lançar produtos de sucesso.

— Sim, é isso que tenho que fazer — disse ela, olhando os próprios rascunhos.

Os Ragdolls são elegantes, Tank daria uma ótima mascote. Todos suspiravam só de olhar para aqueles olhinhos azuis.

E as patas! As patas arredondadas e as almofadinhas da sola... Tomoka tomou um susto quando as tocou pela primeira vez. Eram macias, mas firmes. Lembravam espuma de poliuretano, bastante elástica.

Aquela textura não poderia ser aproveitada em algum lugar do design? Não lhe ocorreu nada de imediato. Precisava devolver Tank em dois dias, mas não queria fazer isso.

— Vou pedir para ficar mais alguns dias com ele para tentar criar versões diferentes do desenho. Vou lá agora mesmo.

Tomoka se despediu e saiu da loja.

Quando abriu a porta, a enfermeira sentada na recepção levantou os olhos.

— Sra. Takamine? Ainda faltam alguns dias para a senhora devolver o gato — disse ela com um ar presunçoso.

Tomoka ficou irritada. A enfermeira parecia um pouco mais nova do que ela. Neste dia, parecia calma, mas será que se esquecera daquela cena deplorável da outra ocasião?

— Não tomou o chá de *matatabi* hoje? — perguntou Tomoka, em tom de censura. — Ficou bêbada só com aquele chá? Parece até gato, né?

— Ah, foi uma piada? É para rir? — A outra levantou um pouco os olhos, mas permaneceu impassível. — Depois vou dar risada. Pode entrar no consultório.

"Que enfermeira mal-educada", pensou Tomoka. Ela entrou no consultório emburrada e encontrou o médico sóbrio. Ao contrário da enfermeira, ele era simpático.

— Sra. Takamine? — disse ele sorrindo. — Por que essa cara de brava? Pelo jeito o gato não surtiu muito efeito. Por que será? Já se passaram alguns dias desde que o receitei. — Ele esticou o pescoço e encarou Tomoka, que, assustada, recuou. O médico se aproximou ainda mais. — E está tendo um efeito diferente do que eu esperava... Que estranho. Será que o gato não combinou com a senhora?

O médico inclinava a cabeça várias vezes enquanto dizia aquelas coisas sem sentido.

— Doutor — disse Tomoka, ignorando-o, pois não ia dar ouvidos a um médico irresponsável como ele. — Será que posso ficar mais um tempo com o Tank, o Ragdoll que o senhor receitou? Recebi pedidos de produtos com estampa de gato, e queria observá-lo mais um pouco. Pois quando assumo um compromisso quero fazer tudo certo até o fim, com responsabilidade.

— Ragdoll? — O médico pestanejou e digitou algo no teclado do computador. — Poxa vida, troquei os gatos. Desculpe, sra. Takamine! Receitei o gato errado. O que a senhora levou para casa é uma fêmea, e se chama Tangerin. É profissional, trabalha num café de gatos e é bem tranquila. Por isso não surtiu muito efeito — murmurou o médico.

Tomoka olhou para o teto. A clínica era realmente esquisita. "Será que estou sendo vítima de algum golpe?", pensou ela.

— Doutor, nunca me consultei com um psiquiatra antes. É assim sempre?

— As pessoas confundem, mas aqui não é uma clínica psiquiátrica. Hummm... A senhora tomou doses do gato errado por duas semanas.

O médico cruzou os braços na frente do computador, preocupado.

— Não é uma clínica psiquiátrica? — perguntou Tomoka, assustada. — Mas o nome da clínica é Kokoro, que significa "mente", não?

— Tanto eu como a sra. Chitose só conhecemos a clínica do dr. Kokoro. Fomos atendidos muitas vezes lá. Por isso pegamos emprestado o nome dele. Era uma clínica muito boa, o dr. Kokoro salvou a nossa vida. Então vamos adicionar doses de outro gato? Por duas semanas. A senhora pode continuar tomando junto com a Tangerin. Que tal?

Tomoka não sabia o que responder. Se o médico não era psiquiatra, era o quê? Que clínica era aquela?

— Adicionar? O senhor vai me dar mais um gato para cuidar?

— Não precisa se preocupar com a combinação.

— A questão não é essa. Mas cuidar de dois gatos...

— Vai ser difícil? Não consegue cuidar de dois gatos?

— Não, não é isso.

— Entendi. É complicado mesmo. Com dois gatos, vai ser ainda mais difícil fazer as coisas direito. É muito difícil. Chega de gatos — disse o médico, rindo levemente.

Tomoka ficou irritada. A Ragdoll, Tangerin, não lhe deu trabalho algum. Provavelmente não seria difícil cuidar de dois gatos. Se pudesse observar mais um, talvez se sentisse mais inspirada ainda.

— Tudo bem. Se for só por duas semanas, consigo tomar conta. Posso cuidar da Tangerin e de mais um — afirmou Tomoka, categórica.

— É mesmo? — O médico assentiu, sorrindo. — Então vou receitar o verdadeiro Tank desta vez. Experimente ficar com os dois. Ah, sei que é tarde demais, mas vou entregar o manual de instrução da Tangerin.

"Sim, é tarde demais."

Irritada, Tomoka leu o manual:

"Nome: Tangerin. Fêmea. Quatro anos. Ragdoll. Alimento: quantidade adequada de ração de manhã e à noite. Água: fornecer regularmente. Limpeza das fezes e urina: quando necessário. Pode ser deixada sozinha. É muito bonita, carinhosa e gosta de contato com pessoas. Pode provocar forte dependência. Procure manter certa distância. Ao sentir fortes efeitos como alucinações ou ilusões, consulte o médico."

Tomoka sentiu o rosto se contrair. Era a descrição exata da gata que estava em sua casa. Alucinações ou ilusões? Sim, sentira esses efeitos. Será que ficaria sobrecarregada aceitando outro gato?

— Tudo bem, sra. Takamine? — O médico a encarou ao notar sua aflição. — Está preocupada? Acha que não vai conseguir cuidar de dois gatos direito?

— Não, claro que consigo! Não vai ser difícil.

— É mesmo? Que bom! — O médico riu. — Ah, esqueci de avisar. Depois que tomar a dose dupla de gatos, tem que continuar com os dois até o fim. Se parar no meio, vai adquirir resistência e não vai ter o efeito desejado. Sra. Chitose, poderia trazer o gato?

"Hã? Por que não avisou antes..."

Quando estava em vias de reclamar, a enfermeira trouxe a caixa de transporte.

Tomoka deu uma pesquisada na internet e descobriu que aquilo se tratava de um episódio de agitação noturna.

Ela ficou exausta ao tentar agarrar o felino que corria como louco. O que deveria fazer para pará-lo? O gato era muito rápido, impossível de capturar. O corpo dele era como *warabimochi*. Ou talvez como um queijo derretido.

Tank, o pelo curto americano, pulou do sofá para a parede, pegou impulso nela e saltou para a mesa. Era um salto acrobático que ela só tinha visto em filmes de ação. Na mesa, no entanto, ele escorregou na toalha, caiu no chão enroscado nela e se debateu tentando se livrar do pano.

Tangerin também ficou agitada e saiu arranhando várias coisas. Os dois disputavam corrida e derrubavam o que viam pela frente. As patas graciosas, que pareciam um pão macio recheado de creme, tinham se transformado em armas.

Tank pulou na mesa mais uma vez e saltou para o topo do armário da cozinha. Tomoka, em choque até então, gritou assustada:

— Daigo! Pega ele! Se cair daquela altura, vai se machucar!

— Tá, pode deixar.

Daigo, que só observava a confusão, estendeu as mãos rapidamente para o alto. Quase alcançou Tank, que estava encolhido no pequeno vão entre o teto e o armário, porém, no instante em que ia agarrar o bicho, ele se desviou e saltou. Parecia um brinquedo de mola. Tomoka e Daigo prenderam a respiração. O gato aterrissou no chão com leveza. Praticamente sem nenhum ruído, como se fosse algodão.

Eram as almofadinhas nas quatro patas que absorviam todo o impacto. Elas pareciam um espesso gel rosa.

— Tomoka, não aguento mais. Vamos dormir.

Daigo deixou escapar um suspiro profundo. Estava quase cochilando.

Tomoka encarou o namorado com um olhar tenso. A única coisa que ele fez foi correr atrás de Tank, e mesmo assim não conseguiu sequer tocar no rabo do animal. Quem tinha se esforçado de verdade para agarrá-lo foi ela; suas mãos e braços estavam arranhados.

Pelagem cinza-claro com listras pretas, orelhas em pé e rosto oval. Tank, o pelo curto americano, era o gato que o médico queria receitar inicialmente. A descrição do manual batia. Tinha a graça legítima de um gato, boca pequena que demonstrava forte determinação e o corpo grande e enérgico.

Os olhos de Tank eram marrom-claros um pouco amarelados, bonitos, mas com uma beleza diferente dos olhos azuis de Tangerin. Os olhos dos dois eram curiosos: vistos de perfil, metade da esfera era transparente. Pareciam duas bolinhas de gude.

Quando voltou da clínica, Tomoka soltou Tank na sala. Contudo, ele se escondeu no canto e não se mexeu. Ela ofereceu ração e água, mas o gato continuou deitado observando os humanos. Diferente de Tangerin, que se acostumara já no primeiro dia, Tank parecia desconfiado. Como ele não se mexeu até a hora de dormir, os dois resolveram deixar os gatos na sala e apagar a luz.

De madrugada, começou a correria.

Metade da cortina se rasgou quando Tank se pendurou nela. E o armário da cozinha estava arranhado.

Tomoka não sabia que gatos podiam ter tanta energia. Até Tangerin, que era calma, estava correndo. Ela se arrependeu de não ter guardado as almofadas, o relógio de mesa e o delicado porta-talheres.

— Vamos dormir — sugeriu Daigo. — Eles também vão se cansar daqui a pouco e dormir.

— Mas antes disso vão destruir a casa inteira...

— Amanhã eu arrumo. Limpo a sala e levo o pelo curto americano para fazer exercício. Ele deve estar estressado na casa de estranhos.

— O apelido dele é K-tan.

— Hã?

— Como o nome dele é Tank, vou chamar de K-tan. A Tangerin é a Tan-tan.

— Tá, vou brincar com o K-tan.

"Pensando bem, Daigo fica o dia todo em casa, e à noite também. Só eu preciso sair para trabalhar, então tenho que dormir", refletiu Tomoka. Felizmente, os gatos se acalmaram; deviam estar satisfeitos.

De manhã, ao acordar, a sala estava toda destruída — parecia que tinha passado um furacão por ali. Como Daigo disse que iria arrumar, Tomoka fez de conta que não viu a bagunça e foi para o trabalho. Apesar da noite maldormida, achava que estava tudo normal, como nos outros dias. Porém, assim que chegou, Mitsuki disse:

— Sra. Tomoka, as suas costas estão cheias de pelo. A blusa é de pele?

— Pelo?

Tomoka virou o pescoço. As costas estavam realmente cobertas de pelo de gato. Mas como? Ela havia se olhado no espelho antes de sair de casa. Lembrou então que se sentara na cadeira por um instante.

— Ah, não! — disse ela, chateada.

Como profissional de moda, preocupava-se muito com a aparência, mas acabara saindo toda desleixada. E ainda tinha que aturar os gatos por mais duas semanas.

— Estou com dois gatos em casa, é o pelo deles. Ontem eles quase destruíram o apartamento.

— É mesmo? Que surpresa! — afirmou Mitsuki. — A senhora é tão organizada, achei que fosse conseguir controlar até mesmo gatos. Ah, já ia me esquecendo! Ontem, depois que a senhora saiu, a sra. Kozue ligou. A amiga dela que gosta de gatos quer vir aqui hoje depois do almoço.

— Hoje? Mas assim, de repente?

— Eu te mandei mensagem ontem. A senhora não viu? — perguntou Mitsuki, em tom de reprovação.

— A sra. Kozue é afobada... — comentou Tomoka, engolindo em seco. — Bom, tudo bem. Estou livre, e como hoje é dia de semana, a loja não deve ficar muito cheia.

Depois de pedir para Mitsuki ligar para a cliente, Tomoka foi ao escritório e se concentrou no design da nova linha de produtos. O tempo voou, e a amiga de Kozue chegou logo depois do almoço.

Ela chamava atenção não porque vestia quimono. A franja estava presa em cima da cabeça e o resto do cabelo estava amarrado frouxamente; pela sua aura de sensualidade, logo se percebia que era uma gueixa.

— Muito prazer. Eu sou Abino, da Casa Komanoya — apresentou-se a mulher. Ela usava um linguajar típico de gueixas, com vocabulário e entonação peculiares. — Desculpe vir aqui de repente. Gostei tanto da bolsa da sra. Kozue que decidi vir aqui pessoalmente.

— Fico feliz que tenha gostado da bolsa. A Casa Komanoya não é uma casa de gueixas que fica no distrito de Gion? A senhora é gueixa, então?

Deslumbrada com a gueixa, Tomoka percebeu de súbito que o rosto dela era familiar. O semblante delicado, os movimentos sensuais e o jeito eram completamente diferentes, mas o rosto era idêntico ao da enfermeira daquela clínica esquisita.

— A senhora por acaso trabalha como enfermeira da Clínica Kokoro?

— Enfermeira? Não! Eu sou gueixa em Gion. Quando não estou trabalhando, uso roupas casuais, mas nunca usei uniforme de enfermeira — respondeu Abino, sorrindo com elegância.

Entretanto, quanto mais Tomoka a fitava, mais a mulher parecia a enfermeira. Só podiam ser a mesma pessoa. Teria dois empregos? Será que atuava como gueixa e enfermeira ao mesmo tempo?

O sorriso delicado de Abino, no entanto, não revelava nada. Como se chamava a enfermeira mesmo? Chitose? Tanto gueixa quanto enfermeira são profissões difíceis. Não era possível exercer as duas funções simultaneamente.

— Me desculpe. É que tem uma enfermeira que se chama Chitose na clínica onde vou, e ela é muito parecida com a senhora — disse Tomoka, rindo, mas se assustou ao ver o rosto de Abino.

Ela estava séria e imóvel, com uma expressão completamente diferente.

— A senhora disse Chitose? Viu ela? Onde? — perguntou Abino, aproximando-se.

— Onde a vi? — replicou Tomoka, recuando. — Na clínica que fica no beco perto da avenida Rokkaku. Tem uma clínica esquisita lá chamada Clínica Kokoro. Ela é a enfermeira de lá.

— A clínica do dr. Kokoro? Chitose está na Clínica Veterinária Suda?

— Clínica veterinária? — perguntou Tomoka, confusa.

Abino a encarava com olhos de súplica e dor.

— Ué?

Tomoka parou no meio do cruzamento. Olhou para os dois lados da rua. Será que havia passado pelo beco ser perceber?

Na esquina da avenida Takoyakushi, Abino a fitava com uma expressão séria. Parecia uma criança segurando o choro.

— Espere um pouco, sra. Abino. É aqui perto. — disse Tomoka, olhando em volta à procura do beco.

Examinou com atenção, mas não encontrou o prédio da Clínica Kokoro.

— Que estranho... É um beco escuro e no final tem um prédio. A clínica fica no quinto andar. Fui duas vezes lá. Será que estou na rua errada? Não, não é possível.

— Não é a Clínica Veterinária Suda? — Abino franziu a testa, desconfiada. As informações não batiam.

— Não, não é uma clínica veterinária. E não é psiquiátrica também, segundo o médico... Mas trata de saúde mental, é uma clínica esquisita.

Tomoka não sabia explicar direito o que era aquele lugar, era frustrante. Como Abino havia lhe implorado e parecia desesperada, ela concordou em levá-la até a clínica. No entanto, por alguma razão, não conseguia mais encontrá-la.

Abino ficou cabisbaixa e pensativa. "Será que sonhei que fui àquela clínica? Não, Tangerin e Tank destruíram a minha casa. Os gatos são reais."

— Será que... — Abino hesitou. — A clínica por acaso fica num prédio chamado Nakagyō Building? É um prédio velho de cinco andares.

— Não sei o nome do prédio, mas pode ser. A senhora conhece?

— É onde a Chii... a Chitose ficou um tempo. Ela nasceu lá — contou Abino, com uma expressão sombria.

Elas percorreram a avenida novamente, desta vez com Abino guiando. Pararam no meio da avenida Fuyachō, e Tomoka ficou perplexa ao olhar para o prédio diante dela.

— Mas como? O prédio que eu fui ficava no fim de um beco...

— Esse é o Nakagyō Building. É bem velho, e sempre esteve aqui. Se a senhora está falando a verdade, Chitose deve estar no quinto andar — disse Abino, e logo em seguida entrou sem hesitar.

Toda aquela história havia deixado de ser só esquisita — estava ficando assustadora. Mas como tinha pegado os dois gatos na clínica, Tomoka sentiu que deveria verificar o que estava acontecendo.

O corredor continuava escuro, como das outras vezes. Passaram na frente de salas com nomes de empresas suspeitas e subiram até o quinto andar pela escada dos fundos.

Abino ficou paralisada na frente da porta da clínica. Ela conhecia o lugar. Mordia a boca, agoniada. Tomoka pôs a mão na maçaneta sem dizer nada e tentou abrir a porta.

Só se ouviu um som metálico. Estava trancada.

— Não tem ninguém aí — disse uma voz de repente, pegando Tomoka de surpresa. Um homem se aproximava da ponta do corredor. Ele tinha uma aparência assustadora e vestia uma camisa chamativa. — Se querem ver a sala, é melhor falar com a administradora. Mas não recomendo... Essa sala é assombrada.

— Assombrada? — disse Tomoka, franzindo a testa.

O homem era esquisito e a situação estava ficando cada vez mais confusa.

— É. A sala está vaga, mas dá para ouvir vozes de vez em quando. Vozes de gente, miados de gato. Devem estar pairando por aí ainda. Bom, eu avisei. Não venham reclamar depois.

O homem olhou para elas descaradamente. Fixou o olhar em Abino por mais tempo e entrou na sala ao lado.

— Sala vaga? — murmurou Tomoka. Não, não era possível.

Abino correu em direção à escada e Tomoka foi atrás dela. Ao sair do prédio, olhou para o alto. Estava de frente para a avenida.

— Não consigo entender o que está acontecendo. Que lugar é esse? Quem é Chitose?

— Eu só queria Chitose de volta. É a única coisa que quero. — Abino parecia absorta em pensamentos, diferente de Tomoka, que estava confusa. Ela parecia distante, com a cabeça em outro lugar.

— Está tudo bem, sra. Abino?

— Está. — Abino sorriu levemente, mas seus olhos marejavam.

— Sra. Takamine, muito obrigada por me acompanhar até aqui. Posso fazer a encomenda da bolsa depois?

— Não se preocupe com isso. Só estou preocupada com a senhora...

— Não ando muito bem ultimamente... Mesmo quando tem gente por perto, mesmo quando estou trabalhando, meus olhos se enchem de lágrimas... Tenho que ser mais firme. Ah, a clínica veterinária do dr. Kokoro Suda fica atrás desse prédio.

Tomoka se despediu de Abino sem entender o que estava acontecendo. Voltou para o escritório, mas não conseguiu se concentrar.

— Ei, Tomoka. Já deu uma olhada no layout do site para a nossa nova linha? — perguntou Junko.

— Desculpe, ainda não — respondeu Tomoka, voltando a si.

— A agência de web design ligou. Disseram que, se demorarmos muito, não vão poder atualizar a página na semana que vem. Vá no seu tempo, mas não exagere! — disse Junko aos risos.

Tomoka cerrou firmemente os punhos. "Eu não sou relaxada. Estou fazendo tudo direitinho. Sou organizada. Só estou distraída porque os gatos quase destruíram o meu apartamento ontem à noite. E não consigo me concentrar porque o rosto triste de Abino não sai da minha cabeça."

Ultimamente, Tomoka voltava para casa assim que fechava a loja, mas naquele dia decidiu trabalhar até tarde da noite, pois estava muito avoada. Quando voltou para o apartamento exausta, estava tudo escuro.

— Cheguei. Daigo, cadê você?

Ele não respondeu. Quando acendeu a luz, ficou chocada. A sala continuava uma bagunça. Enquanto observava perplexa, a porta se abriu. Era Daigo.

— Desculpe, Tomoka! Um amigo me chamou para beber de última hora. — Daigo entrou trôpego na sala com o rosto vermelho e fazendo barulho. — Que bagunça! Ei, cadê os gatos? K-tan, Tan-tan, cadê vocês? O papai chegou. — Ele os procurava, rindo.

Ao ver o namorado nesse estado, Tomoka finalmente se deu conta.

"Não sou eu que preciso aguentar firme. Não são as pessoas ao meu redor que eu quero que sejam mais responsáveis. A única pessoa que eu realmente quero que faça as coisas direito é ele. Daigo tem quase quarenta e continua desempregado. Não pensa em casamento. Será que ele realmente quer casar comigo? Será que realmente me ama?"

— Chega! — gritou Tomoka, e, em seguida, falou de uma só vez tudo que estava entalado dentro dela até então: — Você é um homem adulto, não pode continuar largando empregos por qualquer motivo! Não faz questão de conhecer os meus pais! Não quer saber de casamento! Não pensa no futuro! Por que não faz as coisas direito? Assuma responsabilidades! Pra mim chega! Não vou mais bancar a certinha, não vou mais ficar suportando tudo!

Quando terminou o desabafo, estava ofegante. Pronto, era isso que precisava falar para ele. Toda vez que ele largava um emprego, toda vez que o plano de se casar era adiado, ela ruía mais um pouco. Mas agora finalmente havia se dado conta dos seus verdadeiros sentimentos. Ela se apresentava como uma pessoa correta e organizada na frente de Junko e Mitsuki, mas tinha muitos defeitos. Queria acreditar que fazia as coisas direito, que estava tudo bem mesmo que o seu namorado não assumisse responsabilidades.

Daigo ficou assustado e boquiaberto.

— Desculpe. Não sabia que você estava tão brava assim — disse ele, cabisbaixo.

— Não é que eu esteja brava — respondeu ela ao ver o rosto triste de Daigo. Quando recuperou a calma, Tomoka se sentiu envergonhada. — Eu só queria que você... pensasse um pouco mais no futuro. Não precisa tomar uma atitude agora, mas queria que você pensasse mais no nosso futuro.

"Será que estou dando uma indireta de que quero me casar?" Independentemente da resposta, no entanto, Tomoka ficou aliviada por ter desabafado. Começou a rir.

Daigo também começou a rir sem jeito, constrangido.

— Tomoka, como o meu trabalho não era estável, não tive coragem de dizer antes...

A confissão de Daigo foi interrompida por um gemido de gato.

— Tan-tan?

Tangerin apareceu no canto da sala, abatida e cambaleando.

Ouviram outro gemido que parecia uma tosse. Dessa vez era Tank. Na noite anterior, ele estava muito agitado, mas agora caminhava lentamente.

— K-tan, o que aconteceu? — Tomoka se ajoelhou, estendendo a mão, mas Tank começou a vomitar de repente. Tangerin também vomitou, gemendo.

— K-tan, Tan-tan!

Os dois gatos se prostraram, sem forças. Tomoka ficou desesperada, não sabia o que fazer. Daigo pareceu ter recuperado a sobriedade de súbito.

— Tomoka! Vamos levar eles ao veterinário agora mesmo!

— Veterinário? Já está tarde. Não deve ter nenhuma clínica aberta a essa hora.

— Eu vou procurar! — disse Daigo. — Tente recolher o vômito com uma toalha para levar ao veterinário. Talvez tenham comido alguma coisa que não deveriam.

— Tá. Tá bom...

As mãos de Tomoka tremiam de aflição, mas ela conseguiu recolher o vômito e colocar os dois gatos nas respectivas caixas de transporte. Em seguida, eles ligaram para o veterinário que Daigo achou na internet e pegaram um táxi até a Clínica Veterinária Suda, que fazia atendimento emergencial na região central de Quioto.

O veterinário Suda era um homem grisalho que aparentava ter pouco mais de sessenta anos. Com cabelo desgrenhado e tamancos, atendeu os gatos vestindo um jaleco branco sobre o pijama.

— Pelo jeito não têm mais nada no estômago — disse ele carinhosamente ao examinar Tangerin e Tank.

Só de encostar de leve nos gatos, eles ficaram quietinhos na mesa, como se tivessem se rendido ao veterinário. Ao observá-los assim, Tomoka ficou impressionada com o poder do profissional.

A Clínica Suda ficava bem atrás do prédio Nakagyō Building, onde Tomoka estivera com Abino durante o dia. Por ter atendimento noturno, imaginou que fosse uma clínica grande, mas ela funcionava numa pequena construção ladeada por casas comuns. O veterinário parecia morar nos fundos. Somente a luz do consultório estava acesa; provavelmente abriram a clínica só para o atendimento emergencial — em vez de entrarem pela porta principal, os dois acessaram o lugar pela lateral.

Suda analisou o vômito.

— É planta ornamental. Os gatos devem ter comido. Dessa vez não precisaram de lavagem estomacal, mas as dracenas e as plantas da família das liliáceas são bem mais perigosas. Se eles ingerirem essas, correm risco de vida. Há outras plantas perigosas que precisam ser evitadas por quem tem gatos.

O médico falava de forma tranquila e cuidadosa, sem tom de crítica. Não parecia falar para Tomoka e Daigo, mas sim para os gatos, que já estavam bem e em suas respectivas caixas de transporte, como se nada tivesse acontecido.

Planta ornamental... Tomoka e Daigo se entreolharam.

O vaso ficava perto da janela da sala antes, mas eles o mudaram de lugar no dia em que Tangerin chegou.

— Eu coloquei no topo da estante... — disse Daigo.

— Deve ter caído na correria de ontem à noite. Podíamos ter arrumado... Não, para começar, no manual estava escrito para remover os objetos perigosos. É culpa minha, que não li direito...

— Não, a culpa é minha, eu fiquei de arrumar. Acabei saindo e deixando tudo bagunçado. Desculpe, Tan-tan, K-tan! É culpa do papai.

— Não, é culpa da mamãe. Desculpe, Tan-tan, K-tan!

Enquanto os dois discutiam de quem era a culpa, Suda trouxe o remédio. Ele foi atencioso, apesar de já estar bem tarde.

— Muito obrigada por nos atender de madrugada, dr. Suda... O senhor salvou os gatos! — agradeceu Tomoka

— Para os animais — disse o veterinário, esboçando um leve sorriso — não há distinção de noite e dia. E eles não conseguem chamar a ambulância como os humanos.

Ele tinha razão. Antes de decidir cuidar de um gato, é necessário pensar em tudo isso: se há uma clínica veterinária por perto, o que fazer caso eles passem mal...

Tomoka observou o consultório com atenção. Não só o prédio era antigo, mas tudo nele era velho — a mesa de exame, as lâmpadas, as amostras, a estante com grossos livros médicos. Até o microscópio e o equipamento de raio X pareciam ter anos e anos de uso.

Suda era um homem idoso. Será que a clínica veterinária funcionava havia muito tempo naquele mesmo lugar? No site dizia que eles atendiam emergências, mas devia ser raro uma clínica daquele porte fazer atendimentos à noite.

— O senhor trabalha sozinho nesta clínica? — perguntou Tomoka.

— De noite, sim. Mas durante o dia tem os assistentes. Se tiver alguma dúvida, pode vir a qualquer hora. Pode ligar também. Melhoras!

Ele parecia sonolento. Falava de modo atencioso, mas um pouco direto demais.

Tomoka e Daigo saíram de lá carregando as respectivas caixas com Tank e Tangerin.

— Vou chamar um táxi — disse Daigo, pegando o celular.

— Ei, Daigo...

— Que foi?

— O que você ia falar? Começou a dizer: "Como o meu trabalho não era estável"...

— É... — Daigo ficou atordoado. — Como o meu trabalho não era estável... Bom, quando arranjar um novo emprego eu te falo. Olhe, acho que é o nosso táxi!

Daigo disparou na frente. Tomoka o ficou olhando, boquiaberta. Não tinha jeito. Ela precisava ser firme. "Quando ele arranjar um novo emprego, vou levá-lo para a casa dos meus pais mesmo que seja à força."

Tomoka subiu a escada até o quinto andar ofegante. Cambaleava com o peso das duas caixas de transporte. Abriu a porta com dificuldade e, ao entrar, se deparou com a enfermeira sentada na recepção.

O seu rosto cabisbaixo e antipático era muito parecido com o de Abino. Contudo, a enfermeira tinha um olhar pretensioso.

— Sra. Takamine, veio devolver os gatos? — disse ela, levantando o rosto. — Pode entrar no consultório.

Tomoka aguardou o médico lá.

"Talvez não encontre mais aquele prédio", pensou ela nos últimos dias. "E mesmo que encontre, talvez a sala esteja trancada. Se isso acontecer, será que vou poder adotar Tangerin e Tank?"

Ela fizera muitas ilustrações de gatos imaginando como seria a vida com os dois bichanos. Por fim, criou um gato meigo e ao mesmo tempo perspicaz. Misturou as características dos dois: as orelhas com a borda escura foram inspiradas em Tangerin, e as listras equilibradas na testa e nas bochechas, em Tank. Os olhos transparentes lembravam bolinhas de gude. Depois de fazer ajustes e combinar com os detalhes dos esboços favoritos de Kozue, recebeu a aprovação de Junko.

— O desenho ficou muito bom, mais suave. Sabia que a nossa designer não ia falhar! Ultimamente estava achando os seus designs muito rígidos.

— Está tentando me ensinar como fazer o meu trabalho? Mas já vou avisando: não vou mudar de estilo. Não quero me especializar em coisas fofinhas nem em bichinhos. O meu tema continua sendo o brio doce das mulheres adultas.

— Entendi. Brio doce... Combina bem com gatos, né? Então seu público-alvo continua sendo mulheres de negócios cheias da grana. Mulheres podem gostar de coisas fofas em qualquer idade.

Junko sempre pensava nos negócios. Graças a ela, Tomoka podia se concentrar em criar seus designs livremente, sem se preocupar com a gestão da loja, que ia muito bem.

— Obrigada, Junko. — As palavras de gratidão saíram de sua boca espontaneamente.

— O que é isso? — Sua sócia riu. — Até você está mais meiga? É a idade chegando?

Tank continuava enérgico e corria como louco toda noite. Mas era muito dengoso. Ele e Tangerin mostravam a barriga como se competissem entre si pela atenção dos humanos. Não importava quanto carinho recebiam, nunca ficavam satisfeitos. "Desse jeito vamos ficar com tendinite", disse Tomoka para Daigo, brincando. Era curioso como os pelos na roupa deixaram de incomodá-la.

Daigo não quis se despedir dos gatos. "Devolve quando eu não estiver", falou, e saiu do apartamento tentando esconder o rosto.

O médico entrou sorridente.

— Olá! A senhora parece muito bem. Pelo jeito os gatos surtiram efeito.

— Sim, estou melhor. — Tomoka assentiu.

Assim que entrara na clínica, seus olhos começaram a marejar. Queria tocar mais uma vez nas almofadinhas das patas deles. Queria alisar aqueles coxins maleáveis com os dedos. Aquela sensação curiosa que só quem havia experimentado conseguia compreender...

Gatos realmente têm poder de cura.

— Não quero me separar deles — disse ela.

— É o efeito dos gatos. É natural não querer se separar de algo quentinho. Esse sentimento permanece no coração — disse o médico. Em seguida, se dirigiu aos gatos: — Vocês dois fizeram um bom trabalho! Espero poder contar com vocês da próxima vez também. Sra. Chitose, poderia levar os gatos?

A enfermeira entrou e levou as caixas de transporte com uma expressão indiferente no rosto. Os gatos sumiram do campo de visão de Tomoka.

— O que vai acontecer com eles? — perguntou ela.

— A Tangerin trabalha, então vai voltar ao local de trabalho. Pode não parecer, mas ela é extremamente profissional! Faz sucesso em qualquer lugar. Deixa qualquer paciente abobado. Tank mora numa mansão com muitos outros gatos. Como é o caçula, é livre e inocente. Os dois recebem muito carinho.

O médico parecia estar falando de humanos. Ou será que era ele que parecia um gato?

— O paciente com hora marcada deve estar chegando. Poderia me dar licença?

— Doutor...

— Pois não?

— E se alguém vier aqui e a porta não abrir, o que acontece?

— A porta sempre abre. É só a pessoa querer abrir. Melhoras!

O médico falava de um jeito delicado, mas um pouco seco. O sorriso dele lembrava levemente o do dr. Kokoro Suda, o veterinário que tinha salvado os gatos.

Quando Tomoka saiu do consultório, a enfermeira disse "melhoras" sem nem ao menos levantar o rosto. Ao deixar o prédio, olhou para trás e o achou idêntico ao Nakagyō Building. No entanto, não era o mesmo lugar.

"Vou adotar um gato quando conseguir organizar melhor tanto a minha vida profissional quanto pessoal. Não sou perfeita e também não vou ficar aguentando tudo sem reclamar. Preciso ter uma conversa séria com Daigo."

Tomoka olhou para trás novamente.

Não havia mais o beco, só o velho prédio Nakagyō Building. Será que a porta daquela sala estaria trancada?

Ela não quis verificar.

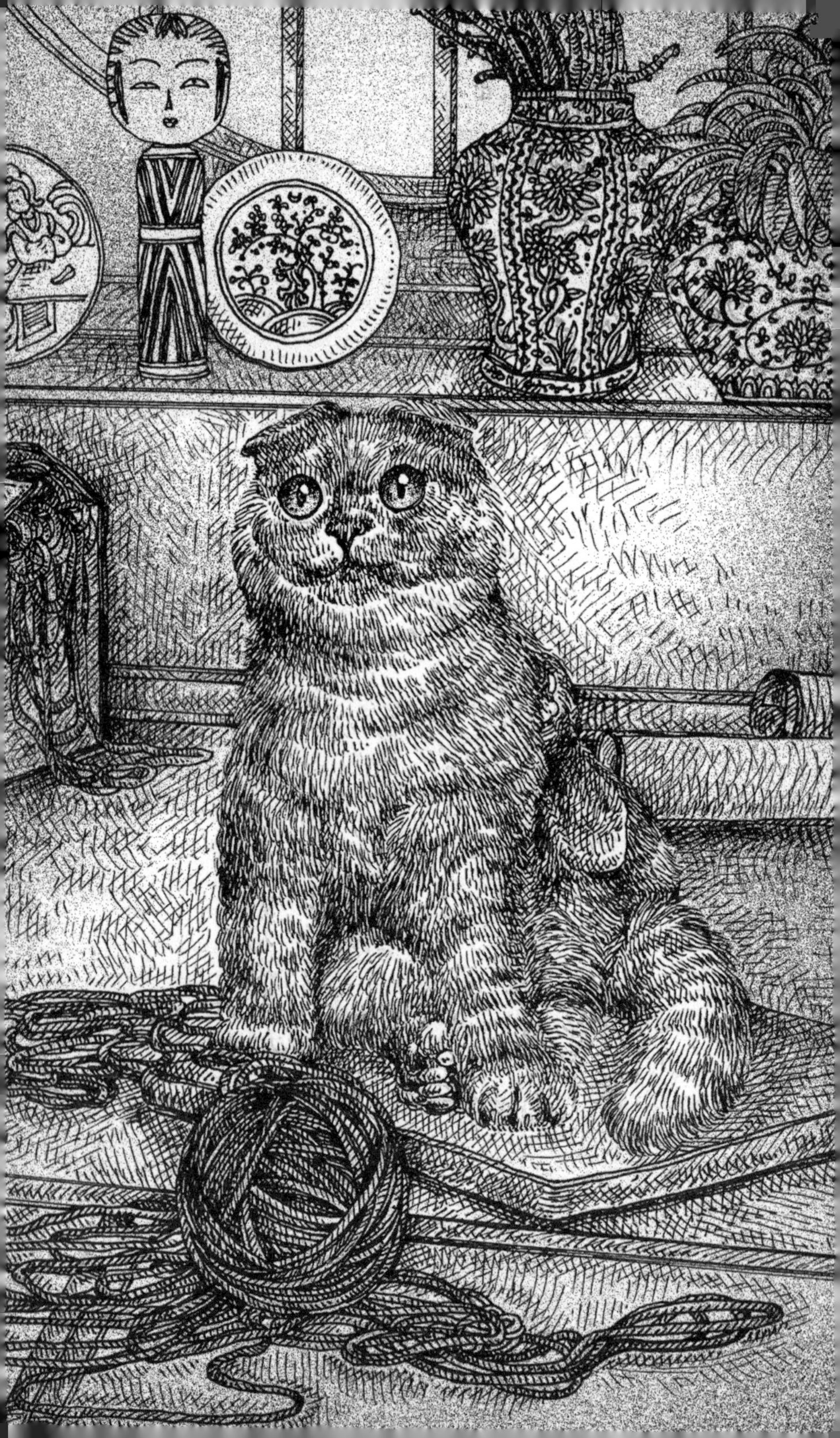

CAPÍTULO CINCO

— O senhor é veterinário? — Abino serviu saquê na taça de Suda, que corou, encabulado.

Vários tipos de cliente a chamavam para festas — geralmente pessoas ricas, presidentes de empresas, advogados ou médicos —, mas era a primeira vez que atendia um veterinário.

— Ele é sim, Abino — respondeu Ioka, que era seu cliente de longa data. — O dr. Suda é um veterinário excelente!

Ioka era muito rico, dono de vários prédios na cidade de Quioto, e conhecido por sua generosidade com os moradores do bairro de Gion. Ele até poderia ser confundido com um homem ganancioso, por conta de sua testa brilhante e das bochechas vermelhas, mas na verdade era um cavalheiro de bom coração.

— Abino, sirva mais saquê ao dr. Suda. Ele me ajudou muito.

— Com certeza. — Abino encheu a taça do veterinário com delicadeza.

Suda era um homem tranquilo que aparentava ter pouco mais de sessenta anos. Parecia tímido, talvez por não estar habituado àquele tipo de ambiente.

— Que exagero, sr. Ioka — disse Suda. — Não esperava ser convidado para uma festa com gueixas em Gion. Fico até constrangido...

— Que isso, doutor! Não sabe o quanto sou grato ao senhor depois do que houve...

— O que aconteceu? — perguntou Abino.

— Eu tenho um prédio em Nakagyō — respondeu Ioka. — Um dos inquilinos me deu muita dor de cabeça. Não só não pagou o aluguel, como também fugiu, abandonando muitos gatos.

— Gatos? — Abino olhou para Suda.

— O inquilino era criador ilegal de gatos — explicou Suda com um sorriso, e esvaziou a tacinha de saquê. — Ele os procriava na sala alugada e os vendia na internet. Mas não conseguiu se manter e fugiu deixando os pobres gatos lá...

— Que horrível! O que aconteceu com os bichinhos, dr. Suda?

— O que aconteceu?! — exclamou Ioka, embriagado. — Recebi reclamações de que tinha um odor horrível vindo da sala e pedi para a administradora dar uma olhada. Foi um horror! Alguns gatos conseguiram sobreviver, e o dr. Suda cuidou deles. Ele e alguns voluntários limparam a sala e até fizeram uma oração para os gatinhos que morreram... É lógico que paguei pelos serviços. Fiz também uma doação grande para uma organização que cuida de animais.

— Sim, o sr. Ioka tem ajudado bastante — disse Suda. — O abrigo para animais está sempre precisando de dinheiro.

— O senhor também, dr. Suda! — Ioka deu uma gargalhada. — Trata os animais praticamente de graça. O senhor é muito generoso.

Abino também riu. Como os clientes pagavam um preço alto, não podia parecer triste, mas, no fundo, achou a história muito trágica. Quando Ioka saiu da sala, ela perguntou a Suda:

— Doutor, o que aconteceu com os gatinhos que sobreviveram? Se tiver muitos, posso perguntar aos meus clientes...

— O sr. Ioka disse aquilo... — Suda balançou a cabeça. — Mas na verdade só sobreviveram dois. Não consegui salvar os outros... Eles ainda estão na minha clínica. Quando conto o que aconteceu, ninguém demonstra interesse em adotá-los. Foi uma tragédia, não dá para contar esse tipo de história numa festa como essa...

Ao ver o sorriso triste do veterinário, Abino não soube como consolá-lo, mas continuou com o sorriso alegre no rosto para manter o clima de descontração.

Abino era gueixa em Gion e estava prestes a fazer vinte e seis anos. Tinha se formado no ensino fundamental em uma escola do interior e se mudado para Quioto, onde passara a atuar como *maiko*, aprendiz de gueixa, na Casa Komanoya, e depois conquistou sua independência como gueixa profissional.

Diferentes das *maiko*, as gueixas que conquistam independência podem escolher livremente seu penteado, suas roupas e sua residência. Algumas, no entanto, permanecem na casa de gueixas e recebem salário mensal. Abino optou por continuar morando em Komanoya, onde trabalha como braço direito de Shizue, a dona do estabelecimento.

Alguns dias depois do encontro com Ioka e Suda, Abino foi até a avenida Rokkaku. Caminhava com o celular na mão, mas como usava roupa normal e o cabelo solto, não chamava atenção.

— É aqui. — Ela parou na frente da Clínica Suda, na avenida Tomikōji. Era uma construção antiga, assim como as casas em volta.

Enfim tinha tomado coragem para ir até lá. Quando estava prestes a entrar, hesitante, quase esbarrou no homem que vinha da direção oposta.

— Ah, desculpe — disse ele. Era discreto e aparentava ter pouco menos de trinta anos.

Abino fez um gesto com a mão, deixando-o passar na frente. Ela entrou logo depois dele, que meneou a cabeça em sinal de agradecimento. A sala de espera parecia ser a de uma clínica para pessoas, mas havia um cartaz sobre vacinação canina colado na parede e um mural com fotos de cães e gatos.

"Será que são pacientes da clínica?" Abino abriu um sorriso ao ver a foto de um gato usando um colar elisabetano no colo do seu dono. O tutor sorria, mas o gato parecia muito mal-humorado.

O homem entrou no consultório sem passar na recepção. Seria um paciente conhecido ou um funcionário? Sem saber o que fazer, Abino avisou à moça da recepção que tinha hora marcada e aguardou sentada no sofá.

Depois de um tempo, o homem saiu do consultório junto com o dr. Suda. Assim que viu Abino, o veterinário abriu um sorriso sem graça.

— Abino! Você veio mesmo?

— Claro. O senhor achou que era brincadeira? Eu estava falando sério.

— Ah, me desculpe. — Suda riu. E disse ao jovem: — Obrigado, Kajiwara. Vou dar uma passada no abrigo na semana que vem.

— Obrigado, doutor.

O rapaz baixou a cabeça. Carregava uma caixa de transporte na mão. Da lateral, dava para ver que ali dentro havia um gato. Era um gato preto como breu. Só os olhos dourados brilhavam, não dava para distinguir nem a boca nem o focinho.

Depois que o jovem foi embora, Abino foi conduzida ao consultório. O veterinário colocou uma caixa em cima da mesa grande e prateada. Era igual à caixa que o homem carregava.

— Então aquele rapaz também... — disse Abino.

— Sim. Ele ficou com o outro gato. Sinto muito, mas como ele demostrou interesse antes, escolheu primeiro. Mas o gato que ele escolheu é excêntrico, e até ele vai ter trabalho. Para você, Abino, sobrou essa gata.

Suda pôs a mão dentro da caixa e retirou a gatinha com delicadeza.

— É uma gata tricolor, fêmea — informou ele, colocando-a sobre a mesa. — Deve ter cerca de dois anos. A pelagem está rala, mas deve crescer em breve.

A gata tinha algumas áreas sem pelo no rosto, com crosta. Era magra e tinha uma depressão na região entre as costas e as patas traseiras. A pelagem do corpo era branca com manchas ovais em preto e laranja. As cores bem definidas indicavam seu temperamento forte; as orelhas eram levantadas e os olhos, de um tom claro de cobre

— Como falei ao telefone, a função renal está prejudicada devido às péssimas condições em que ela foi mantida. A gatinha vai precisar de tratamento por vários anos. Por mais que cuide bem dela, vai chegar uma hora em que o esforço não vai compensar. Desculpe por dizer isso... Abino, está me ouvindo?

Ela não conseguia prestar atenção no que o veterinário dizia. Só tinha olhos para a gata, que a fitava sentada na mesa de exame.

"Muito prazer, minha gatinha. Você é tão branquinha, e tem manchas laranja... Parece um algodão fofinho. Como é bonita!"

— Abino?

— Ah, sim — disse ela. — Eu pesquisei sobre gatos. E na casa dos meus pais tínhamos um quando eu era criança. Não era de raça, não tinha problemas de saúde e era muito temperamental. Dificilmente deixava a gente tocar nele, então acho que essa gata também...

"Deve ser desconfiada e nem deve chegar perto de mim."

Ela pensou em dizer isso, mas, de súbito, a gata se levantou e roçou o nariz na sua mão.

Abino sentiu o coração apertar. Quando o gato da família morreu, todos choraram, inclusive ela. Decidiram não ter mais nenhum, porque não queriam experimentar aquela tristeza de novo. Abino se dava por satisfeita olhando gatos de outras pessoas na internet.

Entretanto, por alguma razão, resolveu que era hora de adotar um. Mas aquela não era uma gata qualquer, era uma sobrevivente.

— Gatos são assim mesmo — disse Suda, sorrindo. — Podem ser tímidos, mas de vez em quando fazem algo que nos encanta. Cativam as pessoas... E as deixam todas bobas. O que vai fazer, Abino? Tem que estar preparada, pois ela pode partir a qualquer momento. Mesmo assim vai querer ficar com ela?

— Vou.

Abino concordou balançando a cabeça, decidida. A gata tricolor já não era uma simples felina, era uma vida em forma de gata.

Parecia delicada e frágil, mas, pelo brilho dos olhos, percebia-se que era arisca.

— Como ela se chama, doutor? — perguntou Abino.

— Como o outro gato, ela cresceu sem nome. — Suda balançou a cabeça. — Você pode escolher. Afinal, a gata é sua.

— Chii, vamos para a clínica do dr. Kokoro? — disse Abino carinhosamente.

Chitose, no entanto, continuou mostrando o traseiro do topo do guarda-roupa e não se mexeu. Por mais que Abino a chamasse, ela a ignorava.

— Vamos, Chitose. Desce logo daí. O táxi já vai chegar. — Abino falou num tom mais firme, mas não adiantou.

A gata com certeza estava ouvindo. A ponta da cauda arqueada balançava ligeiramente. A região do quadril, só pele e osso um ano antes, estava rechonchuda.

— Ela não obedece porque você não mostrou o petisco — opinou Shizue, dona da Casa Komanoya e chamada de mamãe pelas *maiko* e gueixas.

Ela riu e mostrou um petisco. Chitose desceu rapidamente assim que viu a gulodeima.

— Chitose, quando voltar da clínica eu te dou, tá bom? — falou Shizue.

— Mamãe... — disse Abino. — A senhora vive oferecendo petisco para ela...

— Só assim para a Chii chegar perto de mim. Mora nesta casa há um ano, mas não se acostuma comigo. Bom, esse também é um dos charmes dela...

— Eu também fui enganada — comentou Abino. — Quando a conheci, ela veio logo roçando em mim. Pensei: "Que carinhosa, que bonitinha!" Mas, aqui em casa, só chega perto quando dá na telha. Né, Chii?

Chitose ignorou Abino e continuou encarando o petisco que Shizue segurava.

— A culpa é sua, que se deixou enganar — disse Shizue, rindo. — Você é gueixa, deveria saber muito bem como é. Não pode só adular, tem que ser fria de vez em quando, sempre dá certo. Se Chitose fosse gueixa em Gion, com certeza faria muito sucesso, seria a número um!

Shizue olhou para a grande porta de vidro que dava para o alpendre.

— Ih, está escurecendo lá fora. As caleiras lá de cima começaram a fazer um barulho estranho depois da última chuva forte, vou ter que chamar o carpinteiro. Acho melhor vocês saírem antes que comece a chover. Vão com cuidado!

— Obrigada, mamãe — disse Abino. — Vem, Chitose. Vamos para a clínica do dr. Kokoro.

Era dia de consulta mensal na Clínica Suda. Um ano havia se passado desde que Chitose fora morar na casa das gueixas. A Casa Komanoya ficava em Hanamikōji, e, além de Abino e da dona, Shizue, moravam outras gueixas e aprendizes. Como a área da frente era bem movimentada, com muitas pessoas entrando e saindo, Chitose só podia circular livremente nos fundos, na área usada como moradia. À noite, dormia no quarto de Abino, que ficava no andar de cima.

— Obrigada por me enganar, Chii — disse Abino para a gata, que estava dentro da caixa de transporte no táxi a caminho do veterinário.

Já havia se tornado um hábito conversar com ela. O taxista deu uma olhada pelo retrovisor, mas Abino nem ligou.

Chitose não era mais a gata franzina de antes. A pelagem tricolor brilhava, lustrosa. A região em volta do olho direito era marrom e a do olho esquerdo, preta. Da testa, saía uma mancha branca no formato de V invertido que seguia até o nariz empinado. Talvez por isso parecesse um pouco ressabiada.

Ela dificilmente vinha quando era chamada. Fitava a pessoa por um tempo, hesitante, depois virava as costas. Quanto mais tempo ela olhava, maior era a decepção quando virava as costas. Shizue tinha razão. Se fosse gueixa, faria muito sucesso.

Na Clínica Suda, Abino aproveitou que havia chegado cedo e parou para observar as fotos na parede. A maioria era de cães e gatos, mas viu passarinhos e coelhos também. Com a permissão do dono, o veterinário tirava uma foto na primeira consulta e outra depois que o animal estivesse 100% recuperado.

Havia uma foto de Abino e Chitose ali também, tirada por Suda no dia em que ela levou a gata para casa. Aquela Chitose no colo de Abino estava magra, com o canto externo do olho avermelhado e a pelagem ressecada por causa de uma doença de pele. Como advertira Suda, a gata precisava de acompanhamento veterinário contínuo, e no início Abino a levava ao consultório praticamente todos os dias.

Depois de um ano, passou a levá-la uma vez por mês só para observação. Sempre que via sua foto com a gata no mural da clínica, Abino ficava emocionada, pois se dava conta do quanto haviam persistido.

"Quando Chitose se recuperar totalmente, vou pedir para o dr. Suda tirar outra foto nossa, assim todos poderão ver o quanto ela estará bonita e saudável."

Quem começou a tirar as fotos foi a esposa de Suda, que era assistente dele. No entanto, ela falecera alguns anos antes, pelo que Abino ficou sabendo, e agora Suda era o único profissional ali.

Tanto o prédio quanto os equipamentos da clínica eram velhos. Os tutores que buscavam algo mais sofisticado provavelmente não entrariam ali. "Sim, eu também gostaria de dar um tratamento melhor para Chitose", pensou Abino enquanto observava distraidamente a foto.

— Chitose Takeda, pode entrar — anunciou a recepcionista.

No consultório, foram recebidas por Suda, que vestia um jaleco branco e exibia um sorriso simpático.

— Vamos dar uma olhadinha. — Suda se dirigiu carinhosamente à gata, como se falasse com uma criança.

Abino sempre ficava admirada com a habilidade do veterinário. Ele conseguia examinar Chitose, que odiava ser tocada, com facilidade. Depois de apalpá-la e fazer o exame de sangue, ele disse baixinho:

— Os resultados não são nada bons...

— É mesmo? — Abino balançou a cabeça.

Ela estava esperançosa. Achava que, por algum milagre, Chitose poderia ser curada. Era uma gata nova, poderia apresentar melhoras. Mas nenhum milagre aconteceu. Chitose piorava gradualmente desde o dia em que se conheceram.

— É mesmo? — repetiu Abino com um semblante vago.

Seus olhos se encheram de lágrimas que não caíram. Na mesa de exame, Chitose virou a ponta do focinho úmido e macio e o encostou na pele dela.

Abino desejou que aquela felicidade durasse para sempre. Não pouparia tempo nem dinheiro. Se Chitose precisasse de um tratamento mais caro, não hesitaria em pagar. Faria de tudo por ela.

"Vou proteger a Chitose", Abino prometeu para si mesma.

— Dr. Kokoro, o senhor salvou a vida da Chitose. E ela, apesar de ser medrosa, está acostumada com o senhor. Por isso queria que continuasse cuidando dela, mas...

— Se deseja uma segunda opinião, eu compreendo. Posso fazer um encaminhamento.

— O senhor comentou uma vez que tem um conhecido que trabalha numa clínica veterinária famosa em Tóquio, não foi? E que lá é mais moderno, eles contam com tratamentos mais avançados. Estou disposta a fazer de tudo para prolongar a vida da Chitose, por pouco que seja, mesmo que por um segundo. Poderia nos encaminhar para essa clínica?

— Bom... Fazer tratamento em outra cidade é bem mais caro do que as pessoas imaginam. E se gasta muito tempo. Você é uma gueixa de sucesso. O que vai fazer com os seus clientes?

— Eu dou um jeito. Para tudo se dá um jeito — implorou Abino.

— Eu avisei no início — disse Suda, suspirando — que para adotar essa gata era necessário estar preparada, pois ela podia partir a qualquer momento. Mas mesmo estando preparada, nunca se sabe qual a hora certa de desistir de tentar tratar o animal... Os bichos não conseguem dizer o que pensam.

— Eu sei muito bem o que a Chitose pensa, doutor. Ela só tem a mim. Eu estou preparada para ir a qualquer lugar com ela.

— É mesmo? Se está tão disposta assim, posso encaminhar vocês para uma clínica que oferece tratamento de ponta.

Abino ficou mais tranquila ao ouvir as palavras de Suda. Viu uma luz no fim do túnel. No táxi para casa, olhou para a gata, que estava dentro da caixa de transporte.

— Está tudo bem, Chii. Você vai ficar boa. Vou fazer de tudo para curar você. Vamos ficar juntas para sempre, tá?

Chitose estava deitada de olhos fechados. De repente, Abino ouviu um tamborilar. Ao levantar o rosto, grandes gotas de chuva caíam no vidro do táxi.

Naquela noite, ela levou Chitose para o seu quarto no segundo andar e se preparou para apagar a luz. Nessa hora, a gata se aproximou silenciosamente. Chitose a encarou por um bom tempo com a cauda levantada, a ponta levemente arqueada. Parecia estar pedindo algo.

Abino se curvou e estendeu as mãos, embora estivesse acostumada a ser ignorada.

— Vem, Chii — disse mesmo assim.

As pupilas negras da gata se dilataram e ela aproximou o focinho. Fungou a ponta dos dedos da humana e esfregou o rosto neles — primeiro com a região castanha em volta do olho direito, depois com a preta, do olho esquerdo, e, por fim, com a ponta do nariz branco. Subiu da mão para o braço e se levantou apoiando as patas dianteiras no peito dela.

Chitose nunca ficava quieta no colo de ninguém, era algo da personalidade dela — ou talvez um trauma por conta do ambiente em que cresceu. Porém ficou quieta ao ser envolvida pelos braços de Abino. Até lambeu as bochechas dela com sua língua áspera.

— Que foi? Está dengosa hoje? — Abino levantou a gata e a colocou na cama.

Talvez estivesse um pouco sensível por causa da consulta, ou talvez tenha percebido que iria mudar de clínica. Depois de dar uma volta na cama, Chitose se ajeitou e apoiou a cabeça no canto do travesseiro.

Abino se deitou de costas, procurando não afundar o travesseiro, e encarou o teto.

— Não me importo se tivermos que ir para uma clínica distante, Chii. Você me escolheu porque confiava em mim, porque sabia que eu ia te salvar, né? Vou fazer de tudo. Não vou aceitar sua partida tão fácil assim.

Curiosamente, não sentia medo. Estava esperançosa de começar um novo tratamento. "Vou salvar Chitose, custe o que custar. Ela vai viver tanto quanto os gatos saudáveis e vai ser feliz." Acabou adormecendo enquanto imaginava um futuro ao lado da gata. Despertou ao sentir uma lufada de ar.

O luar que entrava pela janela projetava uma sombra na penumbra. Era uma sombra escura com formato de gato: com as orelhas em pé e a longa cauda levantada com a ponta levemente arqueada.

— Chitose?

Quando Abino ia se levantar, a sombra saltou da janela com leveza.

Abino se levantou num pulo e se apoiou no parapeito da janela, inclinando o corpo para a frente. Graças à luz da lua, conseguiu enxergar Chitose, que a fitava do pavimento de pedra da rua de Gion.

O cartaz pregado na fachada da clínica estava com as letras desbotadas por causa da chuva da semana anterior. Enquanto o trocava por um novo, Suda apareceu, sorrindo sem jeito.

— Nada ainda?

— Nada... — murmurou Abino, olhando a foto de Chitose no cartaz. — De vez em quando recebo ligações, principalmente quando colo um cartaz novo. Mas nunca é ela. Todo dia verifico as informações na seção de achados e perdidos da polícia e do abrigo de animais, mas nada. Não sei para onde ela foi...

Fazia quase três meses que a gata havia sumido.

Naquela noite, quando Abino saíra às pressas, Chitose ainda estava na rua, mas logo fugiu. Ela procurou desesperadamente pela gata nas ruas e avenidas escuras. Ajoelhou-se para ver os bueiros, sujou-se de terra no meio dos canteiros e a procurou até o sol raiar. Tudo isso aos prantos. Se Shizue não tivesse implorado para ela parar e descansar, Abino teria continuado.

Hoje se arrependia de não ter procurado mais. Podia ter deixado tudo de lado e procurado com mais afinco.

— Para onde será que ela foi?

— Abino, eu já disse várias vezes: enquanto nós convivermos com os animais, sempre haverá perda, por mais que tomemos cuidado. Não adianta nada se culpar tanto.

Suda falava em tom sereno, mas firme. Desde que Chitose fugira, Abino conversara várias vezes com ele. O veterinário havia confiado a gata a ela, mas ela a deixara escapar por descuido. "Apesar de estar me ajudando e me oferecendo consolo, no fundo ele deve me culpar."

Abino procurou a gata por todo canto, mas não achou Chitose em lugar nenhum. A foto do cartaz já estava manchada e desbotada por causa da chuva.

— Você com essa cara de novo... Assim não dá — disse Suda diante do olhar vago de Abino.

— Hã?

— Não faça essa cara de quem está sendo condenada. Essa questão toda é entre você e a sua gata. Depois de anos de carreira, aprendi a estabelecer um limite: separo os animais em geral dos bichos que têm nome. Os bichinhos com nome têm um tutor, e eu os considero uma unidade. Você e Chitose são uma só. Por isso, Chitose é assunto seu, é você quem decide. Ninguém pode se intrometer entre vocês duas.

— É, mas... — As palavras sinceras de Suda tocaram fundo o coração de Abino.

As pessoas ao redor tentavam consolá-la de diversas maneiras, mas o seu coração estava tomado por arrependimento. Naquele dia, depois de procurar a gata a noite inteira, ela notou que a janela do quarto estava aberta, apesar de a velha trava estar fechada da forma correta. Provavelmente havia girado a trava, mas não fechara a janela por completo.

Chitose escapou por sua culpa. Como se estivesse lendo seus pensamentos, Suda disse em tom rigoroso:

— Não acho que você deva desistir, mas precisa relaxar um pouco. Já se olhou no espelho? Se continuar assim, vai ficar doente. Vai dar trabalho aos outros...

— Está bem...

Ela ficou cabisbaixa, pois ele tinha razão. Ao dobrar o cartaz amassado e desbotado, soltou um suspiro melancólico. Já havia pregado milhares de cartazes não só em Quioto, mas nas províncias vizinhas de Shiga e Osaka também. Fizera tudo o que estava ao seu alcance.

No dia anterior, a dona da casa de gueixas também chamou sua atenção. "Até quando vai continuar com isso?", dissera ela, em tom severo. Abino estava sempre com um sorriso triste nas festas e passava o tempo livre conferindo informações no celular. Uma gueixa profissional não podia andar por aí com o pó do rosto manchado de lágrimas. A dona da casa, Shizue, também adorava Chitose. Por isso, Abino teve que admitir que já estava na hora de desistir.

— Doutor, estou pensando em ir ao prédio onde Chitose foi encontrada...

— Àquele prédio? Mas para quê?

— Dizem que gatos se apegam a casas, e não a pessoas, não é? Sei que a Chitose não deve considerar aquele lugar horrível a casa dela, mas quem sabe ainda tenha algum significado para ela... O senhor pode me achar maluca, mas preciso verificar com meus olhos.

— Não tem nada naquele lugar. Se tiver algo, é só ressentimento.

Suda franziu as sobrancelhas com uma expressão severa. Era a primeira vez que Abino o via assim. Geralmente se mostrava sereno e calmo.

Mesmo assim, Abino foi até lá. Havia falado com Ioka, o dono do imóvel. Mentiu dizendo que um conhecido estava interessado na sala e agendou a visita com o encarregado da administradora.

O edifício ficava bem atrás da Clínica Suda. O grande e velho prédio Nakagyō Building. Ela seguiu o encarregado da administradora até o quinto andar. Pararam em frente à penúltima porta do corredor.

O encarregado a abriu sem hesitar. A sala estava mais iluminada do que havia imaginado — o sol entrava pela grande janela de vidro fosco.

— A localização é boa e o aluguel é barato. Também tem uma vista ótima, recomendo muito — disse o encarregado sorridente.

Abino ficou no meio da sala e deu uma olhada em volta. Piso e parede brancos, sem nenhum móvel. Nada lembrava a tragédia ocorrida alguns anos antes.

— Tem alguma passagem? Teria como um gato ou rato entrar?

— Rato? Tem o exaustor, mas acho que não dá para entrar por fora. O teto e a tubulação são firmes. Como o prédio é antigo, a parede é bem robusta. — O encarregado bateu na parede, fazendo *toc toc*.

Aquelas paredes tinham confinado muitos gatos. Abino sentiu calafrios. Foi para o corredor sentindo um mal-estar. Ouviu miados, apesar de não ter gatos por perto. Sentiu um odor horrível. "Dr. Suda deve estar certo. Se Chitose voltasse aqui, não seria por saudade ou pena. Seria por ressentimento."

Ver a sala com os próprios olhos, no entanto, a ajudou a encerrar um ciclo dentro dela. Depois disso, Abino voltou a se portar alegremente nas festas e começou a aceitar mais trabalhos. Conseguia disfarçar melhor a tristeza quando sorria com o rosto maquiado.

Contudo, de tempos em tempos a tristeza vinha e ela caía em prantos, mesmo na frente de Shizue ou de outras gueixas. Sabia que as deixava constrangidas, mas não conseguia se controlar. Voltou àquele prédio sozinha algumas vezes. Não esperava encontrar Chitose, mas não havia outro lugar para onde ela pudesse ir. Encostava a testa na porta do quinto andar e chamava por ela:

— Chii, volte, Chii.

Abino foi buscar a bolsa que havia encomendado na loja de Tomoka Takamine.

Era uma bolsa de ombro laranja-claro. Apesar de ser de couro, era leve e macia.

— É linda! Adorei. Ficou mais bonita do que eu imaginava — disse ela, com sinceridade, enquanto a experimentava na frente do espelho.

Tomoka, uma mulher da cidade com ares refinados, convidou Abino para subir ao escritório que ficava em cima da loja — talvez por consideração a Kozue, que a havia apresentado.

Encontraram-se pela primeira vez dois meses antes. As duas pareciam estar envolvidas em circunstâncias misteriosas, embora as informações que tinham não batessem.

— Sra. Abino, não acompanha essa bolsa, mas se gostar... — Tomoka lhe ofereceu um enfeite para a bolsa. Era em couro tingido de laranja, da mesma cor do acessório que ela adquirira, com estampa de gato em *hot stamping*.

— Que bonitinho! — Abino ficou emocionada. Sorriu, mas seus olhos se encheram de água.

O gato da estampa tinha pelos longos, era completamente diferente de Chitose. Mesmo assim, ela sentiu o coração ser esmagado e ficou cabisbaixa.

— A sra. Kozue me contou — disse Tomoka, em tom sereno. — A sua gata está desaparecida? O nome dela é Chitose, certo?

— É, sim... Faz mais de um ano que sumiu. Procurei em todos os lugares que consegui imaginar, mas não a encontrei. — Abino tentou se conter. Tomoka provavelmente havia perguntado só por educação, porém, ela não conseguia segurar as lágrimas nem a emoção. Levantou o rosto e fitou Tomoka. — Na verdade, queria largar meu trabalho, queria largar tudo só para procurar Chitose. Ela era doentinha e não ia viver por muito tempo. Sei que as chances de estar viva são baixas, mas quero acreditar que ela ainda está por aí... Como não quero incomodar as pessoas à minha volta, finjo que esqueci, mas choro toda noite até hoje... Não consigo controlar a minha tristeza. A Chitose só ficou comigo por um ano. Um ano. Pareço uma idiota, né?

Ela ria e chorava ao mesmo tempo. Estava sendo ridícula e infantil. Tomoka devia achá-la patética.

Mas a outra não riu.

— Antigamente, talvez tivesse concordado — disse ela, balançando a cabeça com tristeza. — Cuidei de dois gatos por um mês e até hoje me lembro deles com saudade. Toda vez que vejo gatos na internet ou na TV, fico emocionada. A idiota sou eu, não acha? Os gatos nem eram meus, mas fiz até acessórios inspirados neles... — Tomoka riu de si mesma olhando a estampa de gato no adorno de bolsa. — Nem sempre o tempo e a intensidade do amor são proporcionais. Há companheiros que se tornam essenciais na nossa vida, sejam eles humanos ou gatos. Podemos passar um dia ou um ano com eles. Podemos nunca mais vê-los de novo. Ainda assim, eles sempre serão importantes para nós.

Abino ficou profundamente comovida ao ouvir as palavras de Tomoka. Queria agradecer, mas seus lábios tremiam e sua voz não saía.

Tomoka continuou:

— Sra. Abino, que tal voltar naquele prédio mais uma vez? O médico é bem excêntrico, mas, se conseguir achar a clínica, quem sabe a senhora encontre uma pista só de conversar um pouco com o doutor? Ele disse que a porta se abre se a pessoa desejar. Tente voltar lá...

Tomoka falava sério.

Abino sabia onde era. Não precisava perguntar. No entanto, não ia adiantar. Afinal, quantas vezes ela já fora àquele prédio velho?

— Ué? — Quando percebeu, tinha passado a rua. Estava distraída.

Abino sorriu constrangida. Estava na avenida Takoyakushi e virou na avenida Fuyachō. Sabia que seria perda de tempo, mas decidiu seguir o conselho de Tomoka, que havia sido tão atenciosa com ela.

O prédio, contudo, passou despercebido outra vez. Voltou e entrou na avenida Rokkaku. Tudo ao redor era familiar, mas tinha algo diferente. Não conseguia reconhecer onde estava, então parou por um instante para se situar.

Havia um beco no meio de dois prédios. Estava escuro e não dava para ver o que tinha no fundo. Ela achou estranho, mas foi atraída por ele.

No fim do beco sombrio e úmido estava o Nakagyō Building. Abino entrou e subiu direto para o quinto andar. Já entrara naquele prédio várias vezes e chorara na frente da porta. Chegou a pôr a mão na maçaneta, mas nunca teve coragem de girá-la. Mesmo que fizesse isso, estaria trancada.

Porém, ao menor esforço, a porta se abriu. A sala não estava mais vazia, mas não havia ninguém na pequena recepção que ficava logo na entrada.

Abino ouviu passos e logo em seguida uma enfermeira apareceu. Era uma mulher de pele alva que aparentava ter pouco mais de vinte e cinco anos.

— Sra. Ami Takeda? Estávamos aguardando a senhora — disse ela.

— Quê?

Abino ficou assustada. Não havia marcado consulta; por que estava sendo aguardada? E como ela sabia o seu nome verdadeiro?

— Sente-se por favor — disse a enfermeira em tom seco.

"Essa enfermeira... Já a vi em algum lugar. Esse rosto. Essa voz... Quem era ela mesmo?"

Abino se sentou hesitante na poltrona. A sala, apesar de pequena, era iluminada e limpa. Tomoka tinha razão. Uma clínica funcionava naquele lugar.

— Entre, por favor — disse um homem atrás da porta da sala de consulta.

Lá dentro, Abino encontrou um homem de jaleco branco que sorria para ela.

— Estava no aguardo, sra. Takeda. A senhora demorou muito.

— O senhor...? — Abino ficou boquiaberta. Conhecia o médico. — Nós nos encontramos algumas vezes na clínica do dr. Kokoro. O senhor adotou o gato Nike...

Eles haviam se cruzado algumas vezes na sala de espera da clínica veterinária do dr. Suda. Era o homem que adotara o gato preto que tinha sido resgatado junto com Chitose. Não sabia o seu nome, mas o gato se chamava Nike. Confusa, Abino se sentou na cadeira indicada pelo médico.

Ele abriu um sorriso carinhoso.

— Está com algum problema?

— Problema...

Abino não sabia como responder. O homem à sua frente parecia um médico de verdade. A consulta já tinha começado.

Ela não tinha uma resposta pronta para o que ele havia perguntado. Estava bem, não tinha nenhum problema de saúde. Nem ela sabia ao certo por que estava ali.

— A minha gata desapareceu — murmurou de modo espontâneo.

— Entendi — disse o médico, sorrindo. — Vou receitar um gato.

Em seguida, virou-se de costas, girando a cadeira.

— Sra. Chitose, poderia trazer o gato?

— Chitose? — Abino prendeu a respiração.

A cortina se abriu e a enfermeira que estava na recepção apareceu. Carregava uma caixa de transporte simples, de plástico. A caixa era a mesma em que Chitose estava quando Abino a encontrou pela primeira vez na clínica do dr. Suda.

— Chitose, é você? — Ela pegou a caixa, incrédula. Quando espiou lá dentro, viu um gato marrom-claro com rosto redondo.

— Sra. Takeda, a senhora mora com sua família? — perguntou o médico para Abino, que estava perplexa.

— Ah, sim... Não... Bem, não sei — respondeu ela, nervosa.

— Afinal, a senhora mora com familiares ou não? — O médico riu de forma descontraída.

— Não é bem minha família, mas moro com pessoas que considero da família.

— Entendi. Como esse gato é muito potente, é recomendável não cuidar sozinha, pois o efeito pode ser agressivo demais. Tome moderadamente.

— Hã?

— O efeito deve se estender às pessoas que moram com a senhora, mas não tem problema. Vou receitar por dez dias. Vou escrever a receita. Pegue as coisas necessárias na recepção e volte daqui a dez dias.

— Ah... — disse Abino, enquanto olhava distraída para o gato marrom-claro. Ele a fitava com seus olhos redondos.

Ao sair do consultório, sentou-se no sofá, absorta. O peso da caixa de transporte no colo a fez lembrar de Chitose. No começo, a gata tinha mais ou menos o peso daquele gato.

— Sra. Takeda — chamou a enfermeira e lhe entregou a receita e uma sacola de papel. — Tem um manual dentro. Leia com atenção. Se depois de dez dias os sintomas melhorarem, não precisa mais voltar.

— É mesmo?

— Sim. Eu mesma aviso o médico. Desejo melhoras.

— Mas e o gato?

— Melhoras.

— O que faço com o gato?

— Melhoras — repetiu a enfermeira, com a cabeça baixa e nenhuma emoção na voz.

Quando saiu do prédio, Abino abriu o manual com uma das mãos enquanto segurava a caixa de transporte na outra.

"Nome: Mimita. Macho. Idade estimada: Cinco meses. Scottish fold. Alimento: quantidade adequada de ração de manhã e à noite. Água: fornecer regularmente. Limpeza das fezes e urina: quando necessário. Pode ser deixado sozinho. Por se acostumar rápido com as pessoas, talvez pareça apegado logo de cara, mas na verdade está avaliando se pode confiar nelas. É importante tentar se aproximar, mas, se correr atrás, ele pode fugir, então é preciso tomar cuidado. Deve dormir no mesmo quarto da paciente."

— O que é isso, afinal?

Sentiu-se incomodada. Fazia mais de um ano que não chegava perto de um gato — ficava preocupada com a reação de Chitose ao perceber o cheiro de outro gato em seu corpo.

Agora, de repente, tinha sido forçada a levar um para casa, sem estar preparada. Tomoka disse que o médico podia lhe dar uma pista. Pista do quê?

Abino saiu do beco escuro e continuou andando. A sensação de estar no meio de um nevoeiro a perseguia.

Shizue estava de bruços no piso de tatame tentando chamar a atenção de Mimita. Ao seu lado, a gueixa Yuriha também se encontrava de bruços.

Yuriha balançou a varinha com uma pena na ponta.

— Vem, Mimita! Seja bonzinho. Vem, vem! — disse ela.

O gato olhou as duas mulheres e se aproximou de Yuriha com suas perninhas curtas. Shizue, então, mostrou o petisco que comprara escondida.

— Mimita, vem com a mamãe, vem.

— Mamãe, não vale! Abino, a mamãe está tentando comprar a atenção do Mimita...

Abino observava as duas disputarem a atenção dele. Como a dona da casa de gueixas gostava de gatos, ela adorou a ideia e concordou em ficar com ele mesmo sem ter sido previamente consultada. Yuriha era um pouco mais nova que Abino e, assim como ela, havia continuado morando ali mesmo depois de conquistar sua independência. As duas também ajudavam a cuidar de Chitose antes de ela fugir.

Scottish fold era uma raça popular pela sua aparência graciosa, com orelhas pequenas e dobradas, rosto grande e redondo e perninhas curtas. As orelhas dobradas de Mimita pareciam coladas à cabeça, como se estivesse usando uma tiara com laços amassados. Os olhos também eram redondos — seu corpo era todo arredondado. Se não fosse pelas listras marrom-claras e pelo bigode, poderia até se passar por outra espécie de felino.

Como dizia o manual, estava acostumado com pessoas. Aproximava-se quando era chamado e brincava sozinho com uma bola de lã, de um jeitinho muito gracioso.

— Como você é bonitinho, Mimita — disse Shizue, observando o gato, comovida. — Parece que um vazio no meu coração está sendo preenchido. Fico feliz que você tenha decidido cuidar de outro gato, Abino.

— É verdade — concordou Yuriha. — Você andava muito melancólica, Abino. Também fiquei muito triste quando Chii fugiu, mas que bom que Mimita está aqui!

Yuriha fitava com olhos marejados o gato, mas começou a rir de repente. Ele deu um salto para agarrar a bola de lã, mas não conseguiu e acabou caindo.

— Mamãe — disse Yuriha. — O Mimita me lembra alguma coisa... um bolinho de *ohagi*, talvez?

— Aquele doce coberto com massa de feijão azuki ou alga?

— Esse mesmo. Mas como o Mimita é amarelado, lembra o bolinho envolvido com farinha de soja torrada. Mimita é redondinho, amarelinho e parece delicioso!

— É mesmo! Eu gosto de *ohagi* recheado com aquela massa de feijão com textura mais grossa.

— Prefiro com textura fina e macia. E você, Abino, prefere qual? — perguntou Yuriha, sorrindo.

Abino não conseguiu sorrir para a colega. As duas adoraram Mimita e o mimavam tanto a ponto de deixá-la preocupada.

— Mamãe, Yuriha, eu já disse. Preciso devolver ele daqui a três dias.

As duas se entreolharam e sorriram sem jeito.

— Abino, você aceitou cuidar de outro gato, então significa que decidiu seguir em frente, não é? — disse Shizue. — E se pedir ao médico para ficarmos com o Mimita?

— É, Abino! Eu ajudo a cuidar dele — garantiu Yuriha.

As duas pareciam ter combinado. Provavelmente haviam conversado sobre aquilo na ausência de Abino.

— Mamãe, Yuriha, o que estão falando? — Abino tentou disfarçar o choque. Lembrou-se da enfermeira dizendo que ela não precisava mais voltar. — Fiquei de cuidar dele só por alguns dias, não o adotei. E vocês não ficam com pena da Chitose falando uma coisa dessas? Parece que desistimos de procurá-la.

— Não, Abino — respondeu Shizue serenamente, quase como um conselho. — Mesmo que você adote outro gato, não significa que desistiu da Chitose. Pode continuar esperando por ela. Não precisa esquecê-la. Mas você tem que pensar na sua felicidade também.

Em seguida, virou-se para o gato e bateu palmas suavemente.

— Vem, Mimita... Não quer vir com a mamãe? Não quer o petisco? — disse Shizue. Quando o gato se aproximou largando a bolinha de lã, ela o pegou no colo. — Como você é esperto, Mimita! Abino, você pegou ele no colo alguma vez desde que o trouxe para casa? Brincou alguma vez com ele? Chamou o nome dele? Não fez nada disso, né?

Shizue segurou o gato por baixo das patas dianteiras e o virou para Abino. Como as patas eram curtas, parecia que o gato levantava os braços e fazia "viva!", com sua cabecinha redonda e o pescoço curto.

Antigamente, Abino esboçaria um sorriso. Porém, quanto mais notava a fofura de Mimita, mais peso na consciência sentia. Imaginava que Chitose ficaria triste e se sentiria abandonada caso desse atenção a ele. Tinha a impressão de que ela ainda a observava de algum lugar.

— Pega ele — disse Shizue, aproximando o gato, mas Abino virou o rosto.

— Não, não quero. Chitose vai ficar triste quando voltar. — Ela subiu correndo as escadas para chorar debruçada sobre o travesseiro. — Chii, não vou esquecer você! Não vou adotar nenhum outro gato...

Abino ouviu risadas alegres vindas do primeiro andar. As duas continuavam brincando com Mimita. "Mesmo que eu não dê atenção, ele não vai se sentir só."

No entanto, à noite, na hora de dormir, Shizue levou Mimita para o segundo andar. Como o quarto de Abino não era grande, o gato estava sempre à vista, mas ela fingia que não o via. Ele também não se aproximava, parecia reprimir seu lado afetuoso. Costumava se deitar no cesto de palha depois de se certificar de que Abino havia puxado a cordinha do abajur para apagar a luz.

Mimita a observava sentado no canto do quarto. Seus olhos pareciam pedir algo. Será que queria sua atenção? Ou será que sabia o que ela queria, do que ela precisava?

Enquanto se olhavam, Abino se lembrou do que Yuriha dissera. Doce de *ohagi*. O rosto redondo do gato de fato parecia um *ohagi*. O recheio podia ser massa de feijão de textura grossa ou fina; ela gostava dos dois tipos. *Ohagi* era adocicado e enchia a barriga rápido.

Ela riu baixinho.

Mimita se inclinou para a frente, reagindo à risada, e levantou a pata dianteira.

Abino percebeu que o gatinho só estava esperando uma oportunidade para se aproximar. Ele estava à espreita, observando. Lembrou-se do manual de instruções que tinha recebido na clínica. Se o chamasse, Mimita certamente viria. Só de imaginar o rosto arredondado dele roçando sua mão ficou com um aperto no peito e foi assolada por um sentimento de culpa.

"Não posso", virou o rosto.

Não podia se permitir ser consolada por outro gato. Seria egoísmo da sua parte. "Não posso aceitá-lo como Shizue e Yuriha fizeram. Preciso manter certa distância."

Depois de um tempo, Mimita baixou a pata que estava levantada — parecia ter perdido o interesse nela.

Sua carinha redonda e amarelada, da cor de farinha de soja torrada, parecia um pouco triste.

Abino pegou na mão de Ioka e o acompanhou até o táxi parado diante do restaurante.

— Sr. Ioka, cuidado, o chão está escorregadio.

— Que aguaceiro! — disse o homem, olhando o céu noturno antes de entrar no carro.

Depois de cair uma chuva torrencial, o céu estava límpido, sem nenhuma nuvem. A lua cheia, que parecia uma grande lâmpada, iluminava o pavimento de pedra molhado.

— Abino, da próxima vez vou trazer o dr. Suda e o voluntário do centro de animais, que esqueci o nome. Quero que você entretenha os dois.

— Certo, estarei aguardando.

— Esse voluntário é novo, e vai tomar um susto quando vir você, Abino. Ele é excêntrico, só fala de animais, nunca deve ter conversado com uma moça tão bonita como você.

— Então acho que vamos nos dar bem, pois eu também sou excêntrica. Aguardarei o senhor e os seus amigos.

Depois que o táxi que levava Ioka foi embora, Abino entrou no carro que a aguardava junto com outra gueixa. Sua colega desceu primeiro, restando só ela, que voltava para casa.

Da janela do veículo conseguia ver a lua. Estava tão bonita que Abino ficou com vontade de caminhar. Normalmente nunca andava sozinha à noite, mas resolveu descer uma rua antes para aproveitar. Caminhou lentamente pela rua estreita sem estabelecimentos iluminados nem carros. Ninguém prestava atenção nela, mesmo vestida de gueixa.

No céu, a grande lua cheia parecia chamá-la. Brilhava em tom amarelado. De súbito, se lembrou do bolinho de *ohagi* envolvido por farinha de soja.

— Ah.

Abino parou. Ao se lembrar do *ohagi*, a lua assumiu a feição de Mimita, aquele rosto amarelo e arredondado com as orelhas que pareciam laços amassados. Já não era normal associar o doce à lua; agora, para piorar, tudo o que ela conseguia ver era um gato.

— Assim não dá...

Ela virou o rosto para o céu. "Amanhã...", pensou. "Amanhã vou devolver Mimita. E vou me livrar dessa agonia." Abino só queria pensar em Chitose, mas com o gatinho por perto não conseguia se concentrar.

"Sim, preciso pensar só na Chitose. Ela só tem a mim. Não é certo tentar preencher o vazio no coração com outro gato... Não vou conseguir ser feliz enquanto não encontrar a Chitose."

A calçada molhada cintilava mais do que o normal sob a luz do luar. A caminhada foi breve, e ela logo chegou à frente da casa.

Quando estava prestes a abrir a porta, Abino tomou um susto. Achou que tinha visto a sombra de alguém, mas não era uma pessoa, e sim um gato. O felino era uma silhueta escura, com o longo rabo levantado e a ponta levemente arqueada.

"Será?"

Abino franziu as sobrancelhas para tentar ver melhor. O gato se aproximou. Na penumbra, ela viu metade do corpo arredondado e as pernas curtas. A ponta do rabo não estava arqueada, havia sido impressão.

— Mimita?

Ela começou a suar frio. Não era possível. Àquela hora ele deveria estar no quarto. À medida que o gato se aproximava, ela conseguia vê-lo com mais nitidez. Era mesmo Mimita. Ele tinha conseguido escapar.

"Como assim? De novo?"

Abino estendeu a mão, mas o gato recuou e escondeu metade do corpo na penumbra. Parecia desconfiado, diferente de como agia dentro de casa. Estava com a pata dianteira levantada, pronto para sair correndo a qualquer momento.

— M-Mimita, vem... Vou te dar um petisco. Você gosta de petisco, né?

Quanto mais ela falava, mais o gato recuava. Para um animal criado dentro de casa, o mundo externo era assustador. Mimita devia estar apavorado, e a voz de Abino não o acalmava.

"Ele não está acostumado comigo...", pensou ela, mordendo a boca. Mimita havia tentado se aproximar dela desde que o trouxera da clínica, mas Abino fingia que não o via. Era natural não estar habituado com ela.

Ainda assim, ela precisava fazer algo.

Se o deixasse escapar, Abino se arrependeria profundamente. Não podia tentar correr atrás dele como tinha feito com Chitose. Se desse um passo para a frente, o gato fugiria.

O corpo dela tremia. Estava morrendo de medo. Não queria passar por aquilo nunca mais.

— Mimita. — Ela se ajoelhou no pavimento de pedra sem se importar em molhar seu quimono. — Está tudo bem, vem... — disse ela, abrindo os braços devagar.

Mimita continuava desconfiado e parecia prestes a sair correndo nesse instante.

— Mimita, me perdoe... — Seus olhos se encheram de água e os lábios tremeram. — Eu te trouxe para casa, mas fui fria com você. Não queria me apegar. Achei que iria esquecer a Chitose se me apegasse a você. Fiquei com pena dela e não consegui demonstrar carinho. Me desculpe, me desculpe... — As lágrimas transbordaram e escorreram pelo rosto de Abino. Se arrependia muito de ter deixado Chitose fugir. No entanto, passava tanto tempo pensando nisso que não enxergava o que estava à sua frente. — Mimita, não me deixe. Não vá embora...

Abino orou de olhos fechados.

"Volta para mim. Volta para mim, meu gatinho!"

Algo gelado tocou a ponta dos seus dedos. Mimita os lambia, a língua parecendo uma lixa de papel. Então, roçou sua cabeça na mão dela.

— Mimita...

Abino pegou o gato no colo com delicadeza. Ele era pesado e quente. Sentiu o corpo macio se esticar e deixou escapar um sorriso.

Ela entrou na Casa Komanoya carregando Mimita carinhosamente no colo. O gato saltou no chão com leveza, como se nada tivesse acontecido, e foi para os fundos. Shizue, que vinha ao encontro de Abino, se assustou ao ver o gato passar rente aos seus pés.

— Mimita estava na rua? Mas eu o deixei no quarto...

— Mamãe, é a segunda vez que isso acontece. Será que tem uma passagem no meu quarto?

— Será?

As duas subiram até o quarto de Abino. Era um aposento de tatame típico de construção antiga. As duas pararam pasmas na entrada.

— A janela está aberta... — Shizue parecia abalada. — Mas eu me certifiquei de que estava fechada antes de soltar Mimita. Será que me enganei?

Abino sentiu uma lufada de ar como naquela noite. Ela se aproximou da janela e viu que havia uma frestinha aberta, o suficiente para um gato passar sem problemas. Mimita provavelmente tinha saído por ali.

— Mamãe...

— Me perdoe, Abino! Por culpa minha o Mimita quase fugiu que nem a Chitose. Me perdoe!

— Olhe, mamãe. A trava não está bem encaixada.

Abino observou a tranca semicircular do caixilho da janela. Havia um vão entre os vidros e a alça não encaixava direito. Mesmo trancando-a, a janela se abria com um leve empurrão.

— É verdade... Desde quando não está fechando direito? — perguntou Shizue, boquiaberta.

Abino abriu e fechou a janela várias vezes. Desde quando não fechava direito? Ela sempre verificava a trava antes de sair. Como não havia percebido aquilo?

Ela abriu a janela e inclinou o corpo para fora de modo a verificar a parede externa e o telhado. A caleira instalada na parede tinha baixado, pressionando a borda da esquadria.

— Ah, a caleira se solta de vez em quando com o peso da água da chuva — disse Shizue, olhando para fora também. — Espere um pouco. Eu consigo arrumar.

Ela empurrou a caleira para cima. A vergadura da armação da janela voltou ao normal e o vão entre os vidros se fechou.

— Então é por isso que a janela...

— Hã? Disse alguma coisa?

— Não, mamãe. É melhor chamar logo um carpinteiro e pedir para arrumar. É perigoso...

— É, né? Vou ligar amanhã mesmo.

Abino girou a trava devagar e a encaixou no gancho.

Toda vez que a caleira caía, a janela se abria mesmo com a trava fechada. Na noite em que Chitose fugira também havia chovido muito. A janela devia ter se aberto facilmente. Não tinha como ter certeza disso agora, mas Abino sentiu o espinho que tinha cravado no coração se soltar.

— Abino, eu trouxe o Mimita. Posso entrar? — perguntou Yuriha, do corredor.

Abino verificou se a janela estava bem fechada e abriu a porta.

— Obrigada — disse ela, mas Yuriha continuou segurando o gato com uma expressão triste. — O que foi?

— Não devolva... — pediu Yuriha, balançando a cabeça. — Não devolva o Mimita. Abino, não podemos adotá-lo? Você pode deixá-lo no meu quarto se preferir, eu tomo conta dele.

Nesse momento, Abino finalmente se deu conta. Ela não tinha sido a única a ficar triste com o desaparecimento de Chitose. Shizue e Yuriha também haviam sofrido.

Todas sabiam como era trabalhoso criar um gato. E mesmo já tendo cuidado de um, cada gato era diferente. Mimita apoiava o rosto redondo no ombro de Yuriha. Ele era carinhoso à primeira vista, mas para conquistar sua confiança todas teriam que colaborar. Não seria fácil.

A consulta seria no dia seguinte. A enfermeira dissera que Abino não precisava voltar, mas ela iria. Não só para devolver Mimita, mas porque queria conversar com o médico esquisito e entender os próprios sentimentos.

Abino empurrou a porta da clínica silenciosamente, carregando a caixa de transporte com Mimita dentro. A enfermeira estava sentada na recepção.

— Ué, voltou? A senhora é mesmo muito correta — disse, levantando o rosto.

Continuava antipática. Contudo, o rosto dela... Era como se estivesse se olhando no espelho, de tão parecido. A voz também se parecia.

"Deve ser só impressão minha", pensou Abino, sentando-se no sofá.

— Pode entrar — chamou o médico no consultório.

Ao entrar, ela viu o médico sorrindo alegremente.

— Está com uma cara boa. Pelo jeito, o gato surtiu efeito.

— Sim... — Abino sentou-se na cadeira, confusa.

O médico era bem parecido com o dono de Nike. Os dois haviam se esbarrado algumas vezes na sala de espera da clínica veterinária, e ele estava sempre com o gato preto. Segundo Suda, o homem trabalhava em alguma organização de proteção de animais. Será que o psiquiatra fazia trabalho voluntário também? Apesar das personalidades diferentes, o médico era idêntico a ele.

— O gatinho Nike está bem? — perguntou Abino para ver a reação dele.

— Sim, eu estou bem. — O médico balançou a cabeça, sorrindo. — E o gato? Voltou?

— Hã?

— O seu gato voltou? — perguntou o médico.

Abino ficou confusa. A caixa de transporte no seu colo balançou levemente. "Mimita está aqui, no meu colo."

— Sim, voltou — disse Abino.

— Que bom. Sra. Chitose, poderia levar o gato?

O médico estendeu a mão para pegar a caixa.

— Doutor — interrompeu Abino às pressas. — Desculpe perguntar, mas o Mimita é seu? Se for...

— Não, esse gato não é meu — respondeu o médico, sorrindo. — Ele pertence a uma pet shop. É uma raça popular, mas pelo jeito as pessoas preferem orelhas menos dobradas e achatadas, e ninguém se interessou por ele. E esse já é adulto, os humanos preferem filhotinhos. Esse gato já está ultrapassado.

"Ultrapassado?" Abino franziu as sobrancelhas, mas o médico se mostrou impassível.

— Pet shops são negócios, no fim das contas. Precisam vender de algum jeito os gatos adultos, então revezam eles entre as lojas. Quando os gatos mudam de lugar, às vezes encontram alguém interessado. Tomara que ele arranje um bom tutor na próxima.

O médico pegou a caixa e já ia levá-la para trás da cortina.

— Espere — disse Abino. — Onde fica essa pet shop? Onde posso encontrar o Mimita?

— Onde será? Se a senhora procurar com afinco, deve encontrá-lo.

— Hã?

A cortina se abriu e a enfermeira apareceu. Estava com uma expressão séria, as sobrancelhas franzidas.

— Doutor, por que não fala de onde ele é? — Ela pegou a caixa da mão do médico e olhou para Abino: — Ele vai para a loja que fica dentro de um shopping em Kusatsu, na província de Shiga.

— Um shopping em Kusatsu? Então posso encontrar o Mimita lá?

— Pode. Mas é questão de sorte. Nos feriados e finais de semana, muitas famílias vão ao shopping. Acho melhor a senhora não demorar muito.

— Está bem... Vou quanto antes...

— E não precisa se preocupar comigo — disse a enfermeira, virando-se para o lado com o nariz empinado. — Naquele dia, naquela hora, só me deu vontade de fazer aquilo. Não estava esperando você me encontrar. Não queria magoá-la, só decidi ir embora, foi só isso. Então já chega de choramingar, não acha?

Abino ficou boquiaberta, sem compreender o que ela dizia. A enfermeira fez uma careta, parecendo um pouco envergonhada, mas em seguida retomou a pose de indiferença e disse:

— Está cheio de gatos por aí. Por isso, acho melhor me esquecer o quanto antes e pegar outro bicho. Esse aqui parece lerdo, molengo, mas até que é bonitinho... Combina com você.

— O-Obrigada. — Antes que pudesse terminar de agradecer, a enfermeira saiu carregando a caixa.

Era uma mulher estranha. Não era simpática, mas parecia querer ajudar com aquele conselho. Abino estava hesitante mesmo depois de Shizue e Yuriha insistirem para adotar Mimita. Se tivesse encontrado mais obstáculos, teria desistido.

No entanto, depois de ouvir a enfermeira, tomou uma decisão.

— Até parece que sou cruel. Eu só falei aquilo pensando na sra. Chitose... — resmungou o médico.

— Doutor — disse Abino.

— Sim?

— Eu conversei com a minha família. Se não tiver problemas, gostaríamos de adotar o Mimita. O que o senhor acha?

— O que eu acho? — O médico riu e inclinou a cabeça. — A senhora se preocupa com o que eu acho?

— Bem, eu... — começou Abino, então baixou os olhos. Não conhecia direito aquele lugar nem aquele médico, mas sentia que só ele conseguiria responder à sua pergunta. — O que será que a Chitose acha? — Ela ergueu o rosto, decidida.

— Isso eu não sei — disse ele, rindo. — Ela disse aquilo como se não se importasse... Mas só a própria pessoa, ou o próprio gato, sabe o que realmente está sentindo. Se quer saber, posso falar a opinião de um gato: só os humanos se apegam tanto assim. Os gatos são animais pequenos, mas têm o próprio mundo. No momento em que dão o primeiro passo para um novo mundo, estão olhando para a frente, por mais triste e doloroso que esse mundo seja. Você não quer abandoná-la porque se sente sozinha. E ela não consegue deixar você porque ainda a ama. — O médico abriu um sorriso carinhoso. — Que tal soltar a mão e deixá-la partir com tranquilidade?

— Deixá-la partir...

Suda tinha avisado no dia em que Abino levara Chitose para casa que ela precisava estar preparada. Ela achou que estava, mas a verdade era que havia se enganado. Sentiu-se sozinha, triste e desesperada para impedir sua partida. Só não sofreu mais com a ideia da despedida porque Chitose fugira de repente. E, mesmo depois disso, Abino não a deixou. Não queria que ela partisse.

"Mas é hora de deixá-la ir." É tarefa do tutor acompanhar a partida do seu bichinho.

Abino fechou os olhos. Gata tricolor com a ponta da cauda arqueada. Pelos lustrosos. Mancha branca em formato de V invertido que seguia até o nariz. Orgulhosa e insinuante. Olhar determinado. Mesmo quando se mostrava dengosa, mantinha sua elegância. Queria ter dito muitas coisas que não tivera a oportunidade de dizer.

"Ficamos juntas por pouco tempo, mas fui muito feliz ao seu lado. Desculpe não ter conseguido te proteger. Obrigada por ser minha gata."

"Eu te adoro. Eu te adoro. Obrigada."

"Até logo. Eu te adoro. Eu te adoro..."

Abriu os olhos e viu o médico de olhos fechados. Será que ele a aguardava? Estava em silêncio, então começou a se mexer na cadeira.

— Doutor? — disse Abino.

— Hã? — O médico despertou. — Está satisfeita?

— Ah, sim.

— Que bom. Então não precisa mais voltar, né? Melhoras!

Abino apenas concordou com a cabeça, sem dizer nada, e saiu do consultório. Não havia ninguém esperando. Lembrou-se da sala de espera da clínica do dr. Suda, com muitas fotos pregadas num mural, os tutores sentados no sofá com seus respectivos bichinhos, trocando palavras de vez em quando. Será que os gatos se comunicavam entre si dentro de suas caixas? Será que Chitose e Nike haviam chegado a conversar?

A enfermeira estava sentada na recepção. Abino fez um pequeno aceno com a cabeça e pôs a mão na maçaneta da porta.

— Você falou "para sempre".

— Hã? — Abino se virou ao ouvir a voz atrás dela.

— Desculpe não poder ficar com você para sempre — disse a enfermeira, se esforçando para não levantar o olhar. De repente, ergueu o rosto com um leve sorriso: — Melhoras.

— Ah. — Abino abriu a porta, atordoada. Quando saiu do prédio, olhou para o alto e viu o céu azul. — Alô? — Ligou enquanto ainda andava pelo beco. — Yuriha? Parece que o Mimita está no shopping que fica em Kusatsu. Estou pensando em ir lá agora mesmo... Quê? Quer vir junto? Mas você não tinha uma festa hoje? Vai pedir para a mamãe? Tá bom, então vamos juntas.

Ao sair do beco, se viu numa conhecida avenida de Quioto. As ruas e avenidas da cidade se cruzavam de uma forma que deixava qualquer um perdido, sem saber para qual direção seguir. Era confuso até para aqueles que conheciam a cidade.

Mas, agora, Abino olhava para a frente. Não tinha como se perder.

Nike ficou sozinho no consultório apertado.

Sentado na cadeira, olhou para o teto. Havia nascido e crescido ali. A sala estava diferente, mas o cheiro era inesquecível. Naquela época, tinha muitos outros companheiros, mas só sobrou ele. Fechou os olhos e permaneceu em silêncio até a solidão passar.

A cortina se abriu de repente, com força. Ele quase caiu da cadeira de susto.

— O que está fazendo, dr. Nike? — perguntou Chitose com um olhar severo.

— Eu é que pergunto. O que está fazendo, sra. Chitose? Por que ainda está aqui?

— Se eu for embora, quem é que vai ficar na recepção? Quem é que vai cuidar dos gatos? Quem é que vai cuidar do senhor, doutor?

— Eu dou um jeito. Pode não parecer, mas sou responsável.

— Até parece — disse Chitose, incrédula. — Se eu não ficar de olho, o senhor vai passar o tempo todo cochilando. E receitando os gatos sem pensar direito. Até agora deu tudo certo por pura sorte, mas e se um gatinho ficar sem ter para onde para ir, o que vai fazer?

— Não se preocupe. Só receito depois de observar muito bem o paciente e o gato.

— É mesmo? Parece que o senhor confia demais na sorte e na intuição... — Chitose parecia ler os pensamentos dele.

— Claro que não... — Nike ficou amuado. — De qualquer forma, a paciente que você esperava já veio. Não precisa mais se preocupar comigo.

— O que está dizendo? — Chitose ficou perplexa e soltou um suspiro profundo. — Somos ligados fortemente um ao outro, dr. Nike. Infelizmente. Vou esperar até o paciente do senhor aparecer.

— Bom, mas... — Ele não conseguia conter o sorriso.

Ouviram um ruído na porta. Alguém chamava.

— Chegou uma pessoa — disse Chitose, espiando pela porta. — Será que é o paciente com hora marcada?

— Acho que não. É uma mulher. Não sei como ficam sabendo. Sempre descobrem por um amigo de um amigo... Não tenho nem tempo de tirar uma soneca.

— Ah, claro. O senhor estava cochilando agora mesmo...

— Não, não estava. Estava desfrutando da minha solidão.

— Os boatos podem chegar à pessoa certa, dr. Nike. Chegaram até a minha tutora... Pode levar tempo, mas devem chegar até o paciente que o senhor espera. Vou pedir para a pessoa entrar, atenda direito, certo?

Chitose saiu da sala sem cerimônia. Momentos depois, entrou uma mulher com um olhar vazio. Ficara sabendo da clínica por uma fonte nada confiável, que, por sua vez, ouviu sobre o doutor em algum lugar. Parecia preocupada e insegura. Nike ouviu as queixas da paciente, sorriu e disse:

— Vou receitar um gato. Sra. Chitose, poderia trazer o gato?

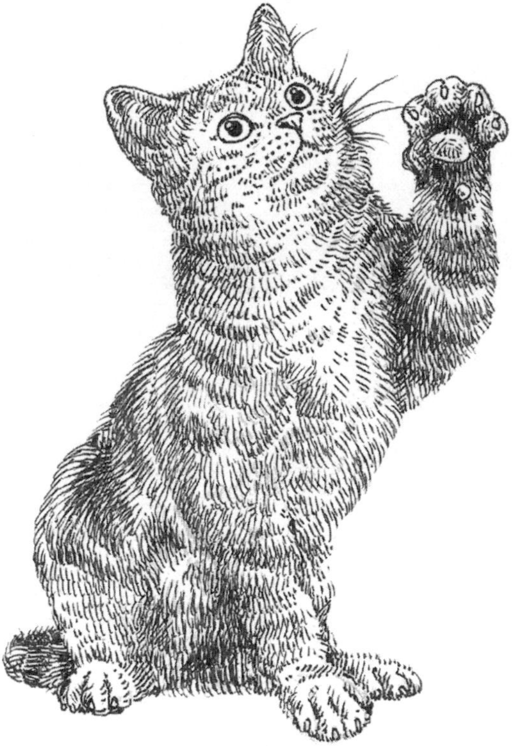

intrinseca.com.br

@intrinseca

editoraintrinseca

@intrinseca

@editoraintrinseca

editoraintrinseca

1ª edição	JULHO DE 2024
reimpressão	JANEIRO DE 2025
impressão	LIS GRÁFICA
papel de miolo	HYLTE 60 G/M²
papel de capa	CARTÃO SUPREMO ALTA ALVURA 250 G/M²
tipografia	MINION PRO